LA
VIE DE RENAN

ET

LE MAUDIT

LA

VIE DE RENAN

ET

LE MAUDIT

SUITE A LA VIE DE JÉSUS

PAR

MAURICE MARROT

Voilà l'homme.

BORDEAUX

DUGOT PÈRE ET FILS, LIBRAIRES-ÉDITEURS

Rue Sainte-Catherine, n. 143

1863

AVANT-PROPOS

Il y a plusieurs choses, dit un docteur de l'Église, contre lesquelles on est obligé d'employer la raillerie de peur de leur donner du poids en les réfutant sérieusement.

Rien n'est plus dû à la vanité des hommes que d'être raillés, et c'est précisément à la vérité qu'il convient de prendre le ton de raillerie, parce qu'elle est gaie, et de se jouer de ses ennemis, parce qu'elle est sûre de la victoire.

Cette pensée est de Tertullien. D'après cela, on pourrait s'étonner, au premier aspect, en voyant les évêques se fâcher tout rouge, pour ainsi dire, contre Renan, si on ne savait point que les pasteurs de l'église tiennent la foudre en main contre le blasphème et l'erreur, et sont obligés, *par état,* de s'en servir, comme les potentats se servent du canon contre les ennemis de la patrie.

Mais comme je ne suis pas évêque, je me trouve, en conséquence, au nombre des mortels auxquels les paroles de Tertullien peuvent convenir, à cette heure où il m'est venu en pensée de répondre à l'auteur du livre intitulé : *Vie de Jésus.*

Je ne lancerai donc point des foudres à cet homme-là, parce qu'il n'en vaut pas la peine. Je ne lui lancerai rien du tout, sinon le simple récit de ses aventures passées, présentes ou à venir, c'est-à-dire que, pour toute réponse,

1

je le ferai connaître aux nombreux témoins de la comédie qu'il joue depuis quelque temps déjà.

C'est dans ce but que je me propose de le suivre :

Au séminaire,

Dans la terre sainte,

Dans la tour de Byblos,

A Rome,

En Bretagne,

Et à la Trappe.

Il est vrai qu'à l'aspect de notre entreprise, Renan se met à rire le premier, en nous montrant une belle bourse, c'est-à-dire le prix de son blasphème... Mais disons-lui déjà : « Rira bien qui rira le dernier. »

PREMIÈRE PARTIE

LE SÉMINAIRE

CHAPITRE PREMIER.

RENAN ENTRE AU SÉMINAIRE.

> Où le prélat lui dit, en lui donnant la bourse :
> « L'Église, d'où vous vient ainsi cette ressource,
> Trouvera, je l'espère, en vous un ferme appui
> Contre l'impiété qui l'afflige aujourd'hui. »

Mme Renan avait soupçonné les belles destinées de son Abdon, tandis qu'elle le portait encore dans son sein.

Déjà, en effet, avant la naissance de son fils, elle avait dit à plusieurs personnes qu'elle savait fort bien devoir mettre au monde un gârçon (elle avait déjà une fille dont nous devrons parler plus tard) et que ce garçon serait fort grand un jour.

En attendant il vint au monde fort petit, et pas beau..... Il me souvient que ça avait l'air d'un petit singe.....

Or, cependant, Abdon fut bien malade, trois mois après son entrée dans la vie, si malade, que les médecins, du reste les plus habiles qu'on avait su trouver, disaient tout bas: « Demain, et cette nuit même peut-être, il y aura un ange de plus au ciel.... »

Pour le petit, ça lui était bien égal, mais qui pourrait exprimer la douleur d'une tendre mère qui venait de lire dans les yeux des meilleurs juges l'arrêt de mort de son enfant !

Toutefois, non moins remplie de confiance dans le Seigneur que d'amour pour Abdon : « Eh bien ! dit-elle, ce qui est impossible aux hommes est possible au bon Dieu !.... »

Et s'étant agenouillée auprès du berceau de son ange expirant, elle priait avec larmes le Christ des pauvres mères, disant : « Si vous voulez, vous pouvez le guérir ! » et elle ajouta : « Si vous le guérissez, j'en fais le vœu sincère dans ce moment suprême, nous en ferons un prêtre, nous en ferons.... un saint ! »

Elle dit, et la paleur extrême qui couvrait le visage de l'enfant disparut soudain.... soudain le froid qui glaçait ses petits membres fit place à une bonne petite chaleur, et l'ange souriait à sa mère.... Je vous laisse à penser si Mme Renan fut heureuse, et si elle cria miracle !

Les hommes de l'art qui avaient condamné le petit bonhomme à mourir, ayant appris qu'il n'avait pas subi leur sentence, se hâtèrent d'enregistrer pour leur propre compte une cure merveilleuse de plus, dont on parla beaucoup.

Quant à la mère chrétienne, elle crut fermement au prodige, et rendant l'honneur de la guérison à qui il était dû, elle appela Abdon : « l'Enfant du miracle. »

Or, une fois sauvé de la sorte, Abdon se mit à croître en âge et en sagesse.

Bien qu'il ne se souvînt pas du tout, comme on peut le croire, de l'insigne faveur dont il avait été l'objet dès le berceau, il s'en rapportait parfaitement à sa mère, qui lui rappelait parfois le fameux miracle, afin de l'encourager à bien faire ; et il agissait en conséquence, nous enseignant, fort jeune encore, à nous en rapporter au témoignage et à l'autorité.

On raconte donc que c'était plaisir de le voir réciter dévotement les prières d'usage, soir et matin, plaisir de le voir attentif à la messe et aux vêpres tous les dimanches et fêtes de l'année, à côté de sa pieuse mère.

On raconte surtout qu'il lisait avec une application parfaite, chaque jour, la petite histoire sainte et les évangélistes.

Il était si versé dans les écritures sacrées, déjà, que bien des personnes trouvèrent un plaisir extrême à l'en entendre parler.

Et si on lui faisait des questions, il répondait si parfaitement, qu'il étonnait son monde, et que plusieurs même disaient entre eux : « Abdon ne vivra pas ! »

Cependant, ce qu'il aimait dans l'histoire sacrée, c'était les aventures de Moïse, et en général tout ce qui avait trait au merveilleux. Quant aux miracles du Christ Jésus, par exemple, il les savait tous par cœur, avec toutes les circonstances qui les avaient accompagnés. Il vous eût récité même sans faute la plupart des paraboles de Jésus, pour ne pas dire toutes, car il avait aussi un extrême penchant pour les paraboles.

Mais alors, direz-vous, ce n'était plus un enfant ! Si fait certes, car il avait huit ans à peine. Seulement, c'était un moutard extraordinaire pour son âge.

Il nous faut vous dire aussi qu'un de ses oncles, espèce de prestidigitateur, lui avait un peu monté la tête, en lui faisant des tours de passe-passe..... et en lui persuadant qu'il était facile à tout homme adroit de faire des miracles comme en avaient fait tant d'autres.

Renan, toutefois, ne concluait point de ces leçons que tous les miracles étaient une absurdité, d'autant que l'oncle faisait ses tours sans lui dire le fin mot de tout cela ; mais il en concluait, malgré son jeune âge, que chacun pouvait faire des prodiges avec un certain degré d'adresse, puisque son oncle en faisait de la sorte.

L'histoire était donc, pour lui, ce qu'était le laboratoire du touton, c'est-à-dire, une école pour apprendre à faire des miracles. C'est pourquoi notre Abdon voulut, après tant de soins qu'il s'était donnés, après enfin des études sérieuses, essayer lui-même ses forces.

Et un jour nous le voyons entrer furtivement dans la salle à manger de chez sa mère, puis ouvrir un placard, prendre deux verres... quoi plus? des fèves dans un sac et des pois dans un autre sac...

Il avait dit, en effet : « Pour mon miracle, il me faut deux gobelets, puis des pois et des fèves... Un carrelet me servira de baguette, et j'ai déjà deux petits mouchoirs blancs pour recouvrir le tout. »

Ayant donc ainsi le nécessaire pour l'opération qu'il se proposait, il alla vitement dans une retraite un peu obscure du manoir maternel se livrer aux essais magiques. Là, il déposa religieusement les pois dans un gobelet, et ce qu'il croyait être des fèves dans l'autre gobelet. Puis ayant recouvert chacun des ustensiles d'un petit mouchoir blanc, il frappa les trois coups traditionnels du bout de la baguette, en sommant les pois de devenir des fèves et les fèves de devenir des pois.

Et il arriva que les pois ne devinrent pas des fèves, parce qu'il avait réellement mis des pois dans le gobelet... Mais les fèves, par exemple, donnèrent de beaux haricots gris... Renan s'était mépris, sans doute, pensera le lecteur, c'est-à-dire qu'au lieu de mettre la main dans le sac des fèves, il l'avait mise dans celui des haricots. N'importe... L'erreur ne se présenta pas à la pensée d'Abdon... Le miracle était fait, il était bon, et il n'y avait qu'à applaudir.

Et ce fut le premier prodige de Renan.

Dans ce temps-là, le bonhomme venait de finir sa

dixième ou onzième année. Sa mère, jugeant qu'il était l'heure de se souvenir du vœu qu'elle avait fait au Seigneur, lui annonça son intention de l'envoyer au séminaire.

Empressons-nous de dire qu'Abdon accueillit avec joie le projet maternel, et qu'il se mit sans réserve à la disposition de sa maman. Heureuse maman !

Or, comme l'année scolaire allait bientôt commencer, qu'Abdon avait besoin d'un trousseau, sa mère se dépêcha à lui faire préparer le trousseau lévitique : elle lui fit faire surtout une fort belle petite lévite noire, un charmant petit chapeau noir et une paire de jolis petits souliers vernis pour le dimanche, bien que ce ne fût pas la mode encore au séminaire de porter des souliers peints.

Certes, Renan était un fort gentil petit bonhomme quand il fut paré de tout ce qu'il avait de plus beau, et c'était plaisir de le voir quand il partit ainsi avec sa maman pour entrer au séminaire ; car sa maman voulut l'accompagner jusqu'au sein de l'asile auquel elle confiait son dépôt.

Mais chemin faisant (quelle chance !), Mme Renan et son fils rencontrèrent l'archevêque de Paris. Le prélat, qui connaissait bien la pieuse mère et qui n'ignorait pas le miracle dont son fils avait été l'objet, encore dans les langes, bien qu'il ne connût pas personnellement Abdon, s'approcha d'eux, les bénit d'abord, puis se mit à dire à Mme Renan : « Heureuses les entrailles qui ont porté cet enfant ! (et il montra Abdon), heureuses les mamelles qui l'ont nourri d'un lait plus pur ! »

La mère ayant pris la parole à son tour, dit au prélat, après l'avoir remercié de son compliment et de sa bénédiction : « Je me suis présentée à votre palais deux fois, Monseigneur, sans avoir eu l'avantage de vous rencontrer. La Providence, je le vois bien, nous a conduits sur vos pas, car nous étions à même de passer dans une autre rue. Alors donc, puisque c'est ainsi, puisque Dieu le veut, je me permettrai de demander à Votre Grandeur une bourse pour mon fils, qui rentre aujourd'hui même au séminaire de Saint-Sulpice... »

Le prélat, fort bon d'ailleurs, mais qui était pressé de se soustraire aux badauds dont il attirait déjà l'attention, répondit de suite, en s'adressant au jeune lévite : « Je vous donne une bourse ; puisse l'Église se réjouir un jour de vous avoir nourri et élevé... »

Et ayant béni de nouveau la mère et l'enfant, il s'éloigna, tandis que ceux-ci continuèrent leur route, n'étant point fâchés de l'aventure.

Mais la belle robe épiscopale, mais la croix d'or qui brillait sur la poitrine de l'archevêque, mais l'anneau d'or qui brillait à sa belle main, mais les boucles d'or de ses souliers, tout cela avait frappé Renan, qui sut bien dire à sa mère : « Maman, je voudrais bien être comme cela !... Voudras-tu que je sois comme cela, maman ? »

« Le bon Dieu, lui répondit sa mère, a fait pour vous de grandes choses ; il faut espérer qu'il en fera encore. Au fait, pourquoi ne vous ferait-il pas évêque ? Que sais-je ! Mais, ajouta-t-elle, cherchons avant tout, mon fils, le royaume de Dieu, comme dit l'Évangile, que vous savez par cœur, et tout le reste nous viendra surabondamment... »

« Tu as raison, maman, dit le moutard... Le bon Dieu a fait beaucoup pour moi, et il fera beaucoup encore, je l'espère. Quant au royaume céleste, sois tranquille, chère maman, je le chercherai.... »

Et ayant parlé comme un homme, il se mit à bondir comme un gamin autour de la crinoline de sa mère, tout en cheminant.

Mais encore un peu, et voilà le seuil du saint asile qui s'offre à leurs regards... Encore un peu, et voilà les portes de la maison de Dieu qui s'ouvrent pour les laisser passer...

Renan est au séminaire.

CHAPITRE II.

Où vous verrez Renan écraser les vipères
Sous son rude talon;
Féconder du rocher les arides artères,
Et tuer un dragon.

Ce qu'il y a de plus intéressant dans la vie d'Abdon, au séminaire, ce n'est pas son application à l'étude, ce n'est pas sa fort bonne conduite, ni son caractère assez doux, ni l'appétit charmant dont il jouit. Tout cela est fort bien, sans doute, mais il a cela de commun avec bien d'autres. Ce qui le distingue, c'est son brillant succès dans la partie des miracles. C'est pourquoi cette partie, seule, sera l'objet de notre étude en ce moment.

Toutefois, nous croyons pouvoir annoncer aux lecteurs une seconde étude relative à ses épreuves, à cause que la vie lévitique du jeune homme se compose de deux phases bien distinctes. Suivons-le d'abord dans les voies du succès.

Maintenant qu'il a vu son oncle faire des miracles, maintenant qu'il en a fait lui-même, il est bien certain pour Abdon que tout homme peut faire des prodiges. Cependant, que ne fera-t-il point, lui, qui non-seulement se trouve désormais à la source des faveurs célestes, mais qui touche encore au merveilleux par son berceau? Certainement il laissera bien loin derrière lui son pauvre touton, avec tous ses tours de passe-passe.... « D'ailleurs, dit-il, l'histoire sainte lui apprend des choses plus curieuses que cela !

Il est vrai que Dieu semble avoir aidé les grands personnages de l'Écriture à faire des miracles. Mais aussi, pourquoi Dieu ne l'aiderait-il pas lui-même, au besoin ? Que lui faut-il donc pour faire du merveilleux ? Une occasion, voilà tout... L'occasion ne se fit pas attendre.

C'était un jour de promenade; la pépinière lévitique était allée dans la campagne, errer à l'aventure. Quelques lévites ayant aperçu une vilaine bête, qui se traînait dans l'herbe, s'enfuient avec épouvante, tout à coup....

Renan n'apprit pas sans un fou rire le motif de cette fuite et de cette frayeur. C'est pourquoi, s'étant fait indiquer l'endroit où se trouvait l'affreuse bête, il s'élança rapide vers le lieu indiqué, bien qu'on lui criât en nombre qu'il allait être certainement mangé tout vif.

Il n'en fut rien... Au contraire, lorsqu'il eut aperçu le monstre horrible, il le regarda pour bien voir ce que c'était... Et ayant eu le bonheur de reconnaître que c'était véritablement un aspic ou un basilic, il murmura ces paroles sacrées : *Super aspidem et basiliscum ambulabis...* Puis, élevant hardiment son pied droit, à quinze pouces environ au-dessus de la bête, il lui posa résolument sur la tête le talon de son soulier ferré.

La tête du monstre fut aplatie.

Le jeune lévite, alors, prenant l'affreux reptile par la queue, le lança dans l'espace bien loin. Et ce fut son premier miracle depuis qu'il était au séminaire, et son second depuis qu'il était venu au monde.

Abdon ne s'arrêtera pas en si beau chemin. Il a marché sur l'aspic ou le basilic, il tuera maintenant le dragon et le

lion, afin que s'accomplissent les paroles du texte sacré :
Et conculcabis leonem et draconem.

On raconte donc qu'un affreux cerbère, plus semblable
à un lion ou à un dragon qu'à autre chose, jetait l'épouvante dans les rangs lévitiques, lorsque les jeunes lévites
se permettaient une délicieuse promenade, d'ailleurs, dans
les contrées où prétendait régner en maître Goliath (c'était
le nom du cerbère).

Or, il ne s'agissait de rien moins que de renoncer pour
toujours à cette promenade, la préférée. Renan méditait
sur les inconvénients d'une retraite aussi désagréable, lorsqu'il se dit un jour : « Malheur à Goliath ! »

C'est-à-dire qu'à l'exemple de David, il avait déjà fabri-
qué une fronde. Puis, il dit à tous les lévites rassemblés :
« Ne craignez plus l'affreux cerbère ! » Et on ne craignit
point, en effet, de tenter, à la barbe du monstre, la promenade prochaine, afin de s'édifier encore davantage sur
les prouesses du jeune Abdon. Mais, cette fois, plus que
jamais peut-être, le cerbère se précipita avec fureur aux
trousses des lévites ; quand tout à coup il suspend ses
aboiements formidables, chancelle sur ses bases, s'affaisse,
puis se relève, et se traîne clopin-clopant dans quelque
coin, on ne sait où, pour y crever sans doute.

Et Renan fit ainsi l'admiration de ses maîtres et de ses
condisciples. Et ce fut son second prodige depuis qu'il était
au séminaire, et son troisième depuis qu'il était venu au
monde.

Or, il fit encore un prodige, non moins remarquable que
les premiers. On était au temps chaud ; et malgré la chaleur
extrême du jour, mais comptant, peut-être, sur la brise
légère, la noire cohorte avait essayé d'une excursion loin-

taine, dans la campagne. La brise ne vint pas, et une
chaleur plus intense que jamais avait réduit les jeunes
lévites aux abois, semblables aux soldats d'Alexandre, qui
n'en pouvaient plus un jour dans les déserts brûlants de
l'Égypte ; semblables encore aux Israélites, impuissants à
suivre Moïse dans ces mêmes déserts, à force de soupirer
après les flots purs de la source.

Renan eut pitié des siens plus que de lui-même. C'est
pourquoi, ayant fait courir l'œil et ayant aperçu un rocher,
non loin, il leur montra le rocher, et il leur dit : «Courage
jusque là ! »

A celte voix et à ces accents si connus, les jeunes lévites, en effet, reprirent courage, et on arriva auprès de la
roche ; elle était aride, mais qu'importe ! Armé d'un gros
bâton plutôt que d'une baguette, Renan s'élance, et frappe
un coup à démolir le rocher ; en vérité, une légère fissure
apparut sous le coup de la baguette, et par celte fissure
un peu d'eau jaillit un instant.... Il est probable qu'un
autre se serait mis à boire de suite, mais Abdon se souvint
du héros macédonien, de ce héros qui n'avait point voulu
boire, parce que la source n'avait fourni d'eau que pour
lui seul ; c'est pourquoi il laissa couler et se perdre dans
la poussière cette eau qui ne jaillissait pas pour tous... Ce
que voyant la cohorte sacrée, elle fut émerveillée de cette
conduite, d'autant qu'Abdon était peut-être le plus altéré
de toute la nombreuse famille.

Mais il allait frapper une seconde fois, sans doute. —
Tout à coup, la fissure s'est élargie, elle est devenue un
trou énorme, un trou gros comme le bras, et des flots
abondants jaillissent de ce bloc infécond.

O merveille ! Un méchant berger, qui avait coutume de
garder ses troupeaux non loin de là, s'était amusé à fermer

l'issue de la source avec de la terre glaise assez semblable à la couleur même du rocher. Renan avait frappé juste en cet endroit, et parce qu'il avait frappé un rude coup, la terre glaise avait cédé, sinon tout à coup, mais bientôt, par suite d'un premier ébranlement. Or, ceci ne fut point remarqué du tout.

Et ce fut le troisième prodige depuis que Renan était au séminaire, et son quatrième depuis sa venue au monde.....

On raconte bien d'autres merveilles qui ne contiendraient pas dans plusieurs volumes; mais je me plais à croire que j'en ai assez dit maintenant pour pouvoir m'écrier : Que pensez-vous que sera ce drôle? *Quis putas puer este erit?* Il se sert de la fronde comme David; comme lui, il a délivré la terre d'un monstre ! comme Moïse, il fait jaillir une eau pure et vive du rocher; comme lui, il empêche une multitude altérée de mourir de soif ! Et il a fait plus que ces illustres personnages, car il a broyé des bêtes piquantes et venimeuses, il a joué avec elles, pour ainsi dire, tandis que Moïse n'a jamais touché que des serpents d'airain ou de cuivre, et que David n'en a jamais touché d'aucune sorte !

Que pensez-vous donc, encore une fois, de l'avenir de ce moutard? *Quis putas puer este erit?* Que sera Renan, je vous le demande, sinon le plus illustre des Français... Un Marcellus ! *Tu Marcellus eris !* Ce n'est pas assez, et les siècles futurs, en le voyant venir de loin, avec une bougie à la main, une bougie flambante, tout éblouis, s'écrient avec admiration : « C'est lui ! c'est le flambeau que nous attendions, c'est la lumière du monde, c'est Lucifer! *Lucifer adest !* »

Mais suivons notre héros puisque nous sommes certainement en bonne et belle compagnie, et nous verrons la seconde phase de sa vie au séminaire de Saint-Sulpice.

CHAPITRE III.

Où les lecteurs verront (mais sans pleurer) comment
Jésus éprouvera le lévite Renan.

Il est une école supérieure à celle du succès, c'est
l'école de l'épreuve, et c'est par l'école supérieure que
Dieu veut faire passer Renan. Ce n'est pas que Dieu l'aban-
donne dans l'épreuve, tant s'en faut! Seulement il lui apprendra, je crois, que lui seul peut faire des miracles et
que si les hommes en font, c'est par le pouvoir qu'il leur
donne d'en faire.

Renan avait besoin de cette petite leçon. Donc, un jour,
en dépit de certains nuages bien faits déjà pour faire ap-
préhender la pluie, Renan assura qu'il ne tomberait pas
une goutte d'eau... et comme c'était un jour de promenade,
la pépinière lévitique se jeta dans la campagne, et même
au loin, grâce à la prophétie de Renan.

Le prophète n'eut pas raison : une pluie torrentielle accueillit les promeneurs, tandis qu'ils étaient au loin. On
supporta bravement la pluie, mais les ruisseaux étaient de-
venus des torrents, et un pont jeté sur un ruisseau, par où
s'opérerait le retour des lévites, avait été emporté par le
flot tumultueux.

C'est pourquoi, quand ils arrivent sur les bords du ruisseau, c'est un torrent formidable ! et plus de pont, pour
traverser de l'un à l'autre bord. Renan, qui était déjà fort
humilié de n'avoir pas réussi dans son essai en prophéties,
s'adresse à ses condisciples et leur dit: « Vous passerez! »

et on le voit s'avancer sur la rive, jusqu'à ce qu'il touche le flot avec une espèce de bâton qui lui était tombé sous la main. On prétend qu'il se proposait de diviser le flot, ainsi que Moïse avait divisé les eaux du Jourdain, autrefois.

Il aurait pu y réussir, mais il n'en eut pas le temps : tout à coup, en effet, il glisse des deux pieds à la fois, et disparaît comme un caillou dans le précipice. Un cri de détresse s'échappa à l'instant de toutes les poitrines, et ce cri, répété par toutes les bouches, alla retentir jusqu'aux hameaux les plus lointains de la plage. Mais c'était tout, et rien ne pouvait arracher le malheureux à sa perte, si Dieu ne s'en était mêlé !

C'est pourquoi, attiré par le cri de détresse, un gros chien accourt de toute sa rapidité vers le lieu d'où était parti le cri d'angoisse, et où d'ailleurs il apercevait une foule qui ne lui était pas inconnue.... C'était le pauvre Goliath, qui venait sauver son malheureux bourreau, mais sans le savoir par exemple.

Il court donc, il vole, il touche à la rive, il flaire les bords du torrent.... il plonge dans l'abîme, et après une lutte dans laquelle il est enfin vainqueur, il ramène le jeune lévite au rivage....

On dit qu'il reconnut Renan, et qu'à cet aspect, il avait grincé des dents et agité son énorme queue. Néanmoins, il regagna soudain sa demeure et sans même avoir paru sensible aux félicitations des séminaristes.

Or, il y avait bien un prodige, certainement, dans le sauvetage qui venait de s'accomplir; mais parce que Renan, lui, n'avait pas fait le sien, celui du bon Dieu ne compta pas, ni celui de Goliath..... et il appela ceci une épreuve.....

Il n'en a pas fini avec la nouvelle école. Voici, en effet,

ce qui s'est passé encore... Abdon et quelques-uns de ses condisciples étaient allés, profitant de quelques jours de vacances, se promener dans la campagne... C'était la saison des jolis nids d'oiseau....

Ils aperçurent un nid, en effet, à la cime d'un peuplier... Ce n'eût été rien, s'ils n'avaient remarqué le père et la mère des petits oiseaux portant de la nourriture au bec pour la nichée... Il était évident qu'il y avait là des petits et on les eût bien voulu emporter à la maison; mais que faire? chacun trouvait l'arbre trop élevé... et sans doute on aurait renoncé à toute tentative d'ascension, lorsque sortant comme d'une courte méditation, Renan s'écria : «Je monterai! et pourquoi, ajouta-t-il, ne monterai-je point lorsqu'il est écrit: « Si vous tombez, j'enverrai mes anges afin qu'il ne vous arrive aucun mal ? »

Et il aborda le peuplier.... s'y accrocha résolument et grimpa en peu de temps jusqu'à la cime. Déjà son œil plongeait dans le bienheureux nid... déjà il pouvait contempler cette douce et petite famille, et déjà sa main allait saisir l'objet si désiré, aux applaudissements de tous ses condisciples, mais au regret suprême du père et de la mère des petits oiseaux, qui eux font retentir les airs de leurs cris gémissants....

Tout à coup.... malheur! la branche qui se trouvait sous les pieds d'Abdon, la branche qui lui servait d'appui, et qui n'était pas plus grosse que le doigt, se rompt, et Renan tombe dans le vide....

Rassurez-vous, lecteur, si Dieu ne lui envoie pas ses anges (ce à quoi il n'est pas absolument obligé, je pense), il enverra autre chose pour le sauver.

Et, en effet, un jeune enfant du village voisin gardait, non loin de cet endroit même où se trouvaient les lévites, un troupeau d'animaux immondes... et l'un de ces animaux se trouvait justement à passer sous l'arbre à l'heure où Abdon tombait de la cime élevée. Or, c'est lui, c'est le porc que le ciel envoie pour sauver Renan.

Comment cela? C'est tout simple : Renan tomba tandis que l'animal passait, et celui-ci le reçut, non point dans ses bras, comme eut pû le faire quelqu'un plus, mais sur son dos fort large et fort épais. (L'animal était gras.)

Le lévite n'eut aucun mal, la bête immonde n'eut pas de mal non plus... Seulement, comme tout ceci l'avait un peu étonnée, elle partit à travers champs, comme si le diable l'emportait, et disparut sans qu'on ait jamais pu savoir ce qu'était devenu le second sauveur de Renan.

Quand à Abdon, il est dit, que pour n'avoir pas été sauvé par un ou plusieurs anges, il faisait une fort pauvre mine au bon Dieu, plutôt que de le remercier. Il est vrai que dans tout ceci la vertu du lévite s'efface, tandis que la puissance divine se révèle, en dépit des moyens dont elle se sert... C'est pourquoi Renan enregistra une épreuve de plus.

Quoi qu'il en soit, voici une troisième histoire : Abdon avait certainement du courage... mais il exaltait peut-être un peu trop sa bravoure.... C'est pour cela, sans doute, que quelques-uns de ses condisciples formèrent le projet de le mettre à l'épreuve.

Or, une nuit, à minuit environ, Renan sommeillait, lorsqu'une voix plaintive vient le tirer de son profond sommeil, et comme il avait cru entendre que cette voix disait : mon fils! il allait répondre : ma mère! lorsqu'il pensa avoir rêvé sans doute. Cependant il se leva de son lit, un peu préoccupé, pour allumer une bougie. Comme il ne trouva point d'allumettes, il voulut ouvrir la porte de sa chambre, afin d'interroger les environs, mais il ne put pas ouvrir.... Ceci ne lui faisait point plaisir du tout, et il y avait de quoi....

Que faire, néanmoins? Vous comprenez sans peine qu'un brave ne pouvait pas appeler au secours pour si peu... Il se met donc à être attentif s'il entendrait quelque bruit afin de se décider à n'importe quoi....

Mais bientôt quelque chose, comme une main glacée et humide, lui passa sur le dos, sans qu'il pût rien saisir, malgré le mouvement rapide avec lequel il essaya de saisir l'objet dont il était touché. On dit qu'il s'émut alors profondément; mais lorsqu'une voix plaintive retentit encore après l'attouchement glacial, Abdon perdit la tête d'épouvante, et s'élança avec tant de vigueur contre la porte fermée, afin de s'enfuir de sa chambre, que la porte céda, et lui ouvrit un large passage.

Où ira-t-il, vêtu seulement de l'indispensable, et le chef couvert d'un cascamèche?... Il n'en sait rien, il fuit, il se précipite, voilà tout, dans le long corridor de l'établissement.

Un des complices, qui se trouvait à quelques pas dans le corridor, n'eut pas le temps de se dérober à cette fuite, et il fut violemment renversé sur le sol, tandis qu'Abdon s'en alla, de son côté, tomber, rouler dans la poudre, à vingt pas de là, en s'écriant : maman !

Mais tandis que le complice renversé ne se relevait point, abruti qu'il était par la surprise (car du mal il en avait à peine), Renan s'était redressé bien vite, plus épouvanté que jamais, et il poursuivait sa course échevelée.....
Il va s'arrêter sans doute, ou du moins revenir sur ses pas, car le long corridor dans lequel il se précipite de la sorte n'a point d'issue, si ce n'est par une fenêtre élevée de trente pieds environ au-dessus du sol.

Mais cette fenêtre est grande ouverte ! Or, du lieu même de sa chute, le complice avait les yeux fixés en ce moment de ce côté-là, pour voir si Abdon s'arrête, suspend sa course, ou revient sur ses pas en fuyant encore....

Horreur ! le malheureux Abdon s'est élancé dans le vide en franchissant d'un seul bond la fenêtre ouverte... et le complice avait pu l'entendre s'écrier trois fois : maman ! avant de toucher au sol.... et puis il n'entendit plus rien.

Épouvanté à son tour, comme on peut le croire, il se relève bien vitement, appelle à son aide les auteurs, comme lui, d'une pareille calamité.... et tous ensemble, au nombre de cinq ou six, ils accourent et se précipitent pour ainsi dire, vers le lieu où ils ne doivent certainement trouver qu'un cadavre. Notons qu'ils ne passèrent point par la fenêtre, afin d'arriver plus vite.

Néanmoins les voilà bientôt, tout tremblants, sur le lieu du sinistre. Ils s'approchent... ils regardent... voilà bien le malheureux qu'ils cherchent et qui n'a plus envie de fuir, certainement. En effet, il était là, enseveli à moitié dans un tas de fumier, et ne donnant, au premier aspect, aucun signe de vie... On le sortit, comme on put de cette position, et on le mit sur un tapis de verdure, à côté. Là, on lui trouva le pouls fort agité, sans doute, mais enfin Abdon n'était pas mort. Seulement, quand on l'interrogea, il ne répondit pas plus qu'un trépassé....

Après un peu d'attention, on en comprit le trop juste motif.... c'est qu'il avait la bouche toute pleine d'immondices, car il était tombé précisément, et heureusement dirons-nous, sur le dépôt de toutes les ordures du jardin et de l'établissement. On s'empressa donc de lui enlever les obstacles à la parole (comme c'était un pressant devoir) et cela fait, on l'interrogea.

Comme à plusieurs questions qui lui furent faites il répondit fort bien, chaque fois : maman ! on se dit qu'il n'avait besoin que de repos, et on le porta dans sa chambre et même dans son lit. Abdon se laissa faire. On dit qu'il reposa parfaitement jusqu'à dix ou onze heures du matin ; après quoi, il se trouva comme auparavant, sauf la nécessité bien reconnue d'un bain léger.

Il se souvenait donc de tout ce qui s'était passé, il s'en rendait compte (comprenant bien qu'on lui avait joué un tour) ; mais par exemple il n'en revenait point de ne s'être pas tué en tombant du haut de la fenêtre. Il se disait même qu'un miracle seul avait pu le sauver. Mais, disons-le aussi, combien il trouvait étranges, ridicules presque, les moyens dont Dieu se servait depuis quelque temps pour le sauver ! Ce n'est plus, pensait-il, comme aux jours où le Christ s'adressant à sa mère, lui disait : « Madame, votre enfant est guéri ! » Ce n'est plus comme aux jours où il envoyait à sa rencontre l'archevêque de Paris pour lui dire : « Mon fils, voilà une bourse.... »

Maintenant que fait Jésus, si du moins, ajoute-t-il, c'est Jésus qui m'a sauvé ? Il dit à un chien, à un gros et maudit cerbère : « Va sauver Renan, qui se noie dans un précipice. » Il dit à un *immonde* : « Pare l'échine, quand Renan va tomber du haut d'un arbre. » Il dit enfin aux ordures : « Trouvez-vous là, sous Renan, à l'heure où du haut d'une fenêtre, il se précipite dans le vide, de trente pieds au-dessus du sol ! »

Il est clair, en vérité, qu'en supposant même un miracle de sa part, en faveur du jeune lévite, le Christ, ainsi qu'Abdon le pense bien, n'use pas ses gants pour le sauver, ni les ailes des anges ses ministres.

C'est pour cela que Renan, bien qu'il ne fût pas absolument fâché de son salut, en dépit des moyens, appella cette aventure nouvelle : une troisième épreuve.

Cependant, comme on avait beaucoup parlé au séminaire des succès d'Abdon, la sainte pépinière ne parlait bientôt plus que de ses épreuves... On en avait ri dans les coins, d'abord, et puis on en riait à sa barbe (car sa barbe avait poussé) ; tout ceci même avait eu pour résultat des explications sur le passé du jeune lévite (j'entends sur ses miracles), et on avait fini par s'en rendre parfaitement compte, au point qu'il se trouvait n'avoir pas fait plus de prodiges que les autres. On ne craignit même point de lui expliquer à ui-même les choses.... ce qui amena des rixes dans lesquelles de nouvelles avanies qu'il eut à subir s'ajoutèrent aux premières.

D'où il résulta premièrement qu'avec ce tas de crétins et de jaloux, comme il disait, Renan se dégoûta du séminaire ; et secondement, que ne pouvant plus croire à ses miracles, il ne croyait plus à ceux des autres du tout.

C'est pourquoi, bientôt, aux vacances prochaines, nous le voyons tracer une belle croix noire sur la porte de sa cellule avec ces paroles bien marquées : « *Beati ceux qui sont sortis d'ici.* »

Et il quitta le séminaire en disant : Si je ne suis pas fort en miracles, je suis fort en histoire.... C'est pourquoi il ajouta ces mots à ses derniers adieux : « *Videbimus infra.* »

On raconte, en vérité, qu'il était plus fort en histoire qu'en miracles.

DEUXIÈME PARTIE

LA TERRE SAINTE

Où vous verrez Abdon se donner en spectacle
En cent endroits divers, pour avoir un miracle....
Un miracle, du moins, qui ne soit pas douteux,
Un miracle à crever la raison et les yeux....

Renan savait qu'il avait été malade au berceau et que sa pieuse mère croyait à une guérison miraculeuse, mais il ignorait le vœu que sa mère avait fait dans cette circonstance.

Il fut donc étonné, lorsqu'à sa sortie du séminaire, ayant dit à sa maman qu'il ne voulait plus être lévite, celle-ci lui objecta naturellement le vœu en question.

Ce n'est point, disons-le toutefois, que Mme Renan voulût faire d'Abdon un prêtre contre son gré ; non certes, mais elle lui fit observer que le cas était grave pour ne pas mériter réflexion : aussi l'engagea-t-elle à réfléchir et surtout à prier, ajoutant que d'ailleurs ceci pouvait bien n'être qu'une épreuve de laquelle il triompherait sans peine, avec l'aide de Dieu.

Or, par respect pour sa mère, et point du tout pour le miracle ni pour le vœu que nous savons, Renan ne disait plus mot de ses intentions, lorsque Mlle Clorinde, la sœur du jeune lévite, rentra dans sa famille, emportant avec elle un fort joli capital que venait de lui laisser en mourant une proche parente.

Clorinde avait été confiée à cette bonne parente qui avait été heureuse de se charger de l'enfance et de la jeunesse d'un ange tel que mademoiselle Renan.

Donc, un ange rentrait sous le toit maternel, disons-le, et une heureuse aisance avec elle.

Mais à cause des soins que la jeune fille avait dû se donner, pendant la longue et douloureuse maladie de sa cousine, elle arrivait languissante à son premier foyer...

Nous devons dire aussi que le jeune lévite, en rentrant chez lui, après des études trop approfondies, et après ses épreuves que nous savons, en était au même point que sa sœur... et sa langueur s'aggravait encore à la pensée de garder sur le dos un habit dont il eût voulu être débarrassé déjà....

Cet état des deux Renan, frère et sœur, les conduisit bientôt à rêver voyages, et même Clorinde, qui était fort pieuse, prononça le mot de pèlerinage, ce qui, disons-le, ne déplut pas à Abdon.

Mme Renan, toutefois, voulut savoir si Abdon était d'avis toujours de quitter la soutane, et elle le questionna à ce sujet.

Comme il ne parut pas être sorti de l'épreuve, la pieuse mère pensa que des émotions religieuses profondes pourraient peut-être le ramener à des desseins plus en rapport avec le vœu qu'elle avait fait. Sachant donc qu'il était question entre le frère et la sœur de voyager, que même il s'agissait de pèlerinages, c'est elle qui prononça le mot de terre sainte....

Au nom de cette terre, labourée par des miracles, comme il l'avait fort bien lu dans Châteaubriand, Abdon tressaillit... Mlle Renan elle-même sentit battre son cœur d'une émotion inconnue....

Et le pèlerinage en terre sainte fut conclu et fixé à peu de jours.... Ce n'est pas que Mme Renan ne se décidât à voir partir son fils et sa fille pour si loin avec un immense regret, mais son vœu, mais le salut de son Abdon, tout cela faisait la mère chrétienne se soumettre à son sacrifice.

Or, bientôt, comme on possédait une bourse, et qu'on n'avait pas besoin de celle de l'archevêque, on ne pensa qu'à la bénédiction maternelle, à laquelle, du reste, on se prépara avec un bien profond respect et une véritable émotion de cœur.

Et maintenant que la bénédiction maternelle s'est reposée sur eux, maintenant qu'ils s'éloignent de tout ce qui les a vus naître, suivons-les, si nous voulons connaître les résultats de ce fameux pèlerinage en Palestine.

Et d'abord Renan et sa sœur prennent le train express jusqu'à Marseille.... Arrivés à Marseille, comme une flèche rapide, le lendemain de leur arrivée, nous les voyons embarqués sur un beau navire qui va quitter la France pour aller rendre visite aux contrées du Levant.

Mais, ô chose touchante! tandis qu'on lève l'ancre du beau bâtiment, Abdon et Clorinde se sont mis à genoux sur le pont, côte à côte, pour demander au ciel une bonne et heureuse traversée; après quoi ils prient pour leur mère, sans oublier la France elle-même, qui a besoin de prières comme tout le monde.

Et nous partons: la mer est propice, un vent favorable gonfle les voiles blanches....

Mais, hélas! la mer est infidèle, tout le monde sait cela: aussi, le lendemain du départ, voilà déjà une formidable tempête qui accueille le beau navire et toutes les maisons flottantes qui se trouvent dans les mêmes eaux.

Les Renan furent fort heureux d'avoir prié sans doute,

car une douzaine de bâtiments, jetés à la côte, périrent corps et biens, tandis que leur navire suivit impertubablement sa route....

Renan ne fut point fâché de son salut, certainement ; mais disons avec regret qu'il ne partagea point la pieuse foi de Clorinde, qui elle reconnaissait fort bien un miracle dans tout ceci.

Renan, il faut le dire déjà, n'allait pas en Palestine pour rien ; il y allait, comme nous le verrons mieux encore plus tard, pour des miracles certains, et s'il était permis de le dire, pour des miracles miraculeux eux-mêmes, à force d'être clairs.

Poursuivons notre route. Le danger dont nous venons de parler fut le seul qu'ils coururent jusqu'à Malte, où nous les voyons mettre pied à terre, avec l'intention de voir toutes les vieilleries (s'il en reste) de cette île célèbre....

Ils y trouvèrent, en effet, encore des armures rouillées, de vieux costumes religieux et guerriers.... ils y trouvèrent quelques tombeaux noircis par le temps.... et ils auraient vu la nef d'une belle église, puis l'hôtel et la tour du commandeur, s'ils étaient arrivés assez tôt : on venait de démolir tout cela avant leur arrivée.

Mais, par exemple, nous voyons Renan essayer sur sa personne la robe noire et le manteau noir que les chevaliers portaient dans l'intérieur de leur établissement, et il essaya aussi la cotte d'armes qu'ils portaient à la guerre. Ce dernier costume changeait beaucoup Abdon, parce qu'il était rouge.

Cela fait, et après quelques souvenirs donnés à l'histoire, Abdon dit à sa sœur : « Allons-nous en d'ici..... » Et ils partirent.

C'est pourquoi nous avons à les suivre à Alexandrie, où

nous aurons le bonheur d'arriver sains et saufs, par le beau navire susdit, qui nous emporte de nouveau.

A Alexandrie, où nous les voyons débarquer, nous débarquons aussi, bien entendu, et nous les voyons regarder avec plaisir tout ce qu'il y a de beau, savoir : les fortifications, l'arsenal maritime et le palais du vice-roi.

Ayant trouvé que tout cela n'était pas laid, ils se mettent en chemin pour aller voir les restes d'antiquités que possède la ville, c'est-à-dire, les citernes dont on se sert encore aujourd'hui, la colonne de Pompée, les aiguilles de Cléopâtre, les grottes de l'ancienne Nécropole.

En voilà-t-il des choses historiques? Après cela, ils se rendent à la bibliothèque jadis célèbre. Là, en vérité, le calife Omar, à tort ou à raison, fut chargé par Renan de toutes les malédictions possibles, pour avoir fait brûler (si c'est lui) tant de précieux trésors de philosophie orientale et de philosophie grecque! tant de poésies alexandrines.... que sais-je! la clef peut-être des grands mystères de la création totale! Féroce Omar!

Abdon en aurait pleuré. Disons cependant qu'il ne put s'empêcher de larmoyer sur tous les philosophes qui étaient passés par la cité fameuse....

Sa sœur l'ayant vu larmoyer de la sorte, lui en demanda le motif, et ayant appris qu'il pleurait sur les philosophes, elle se mit à pleurer sur les saints évêques qui avaient occupé le siége d'Alexandrie, notamment sur saint Alexandre et sur saint Athanase.

Cela fait ainsi, nous repartons avec eux, puisqu'ils repartent, et qu'ils se pressent même d'arriver au port, où le navire nous attend....

Où allons-nous?

Allons droit à Jérusalem, si vous m'en croyez; il n'y a que

du commerce partout par là, aujourd'hui ; et dussions-nous trouver le Grand Turc sur notre route, ça ne nous dédommagerait pas de la rencontre de cent mille Turcs et Anglais que nous verrions affairés partout et passer indifférents sur les ruines de ce qui n'est plus....

Or donc, sans plus tarder, Jérusalem est devant nous : voilà la ville sainte, voilà Jérusalem ! A ce nom et à cet aspect, que de souvenirs se réveillent et se pressent dans l'âme du chrétien et du Français !

D'abord, comme s'il avait l'histoire à la main, à cause qu'il la sait par cœur, Renan se met à chercher de l'œil, pour ainsi dire, tous ceux qui sont passés par la ville sainte, depuis Melchisédech, son fondateur, jusqu'à Ibrahim III.

Il faut dire que depuis le commencement jusqu'à Josué, c'est-à-dire pendant près de cinq cents ans, il n'y a pas eu beaucoup de grand monde.... ce ne fut guère habité, en effet, que par des pasteurs et leurs nombreux troupeaux.

Néanmoins, comme Renan les cherchait, et qu'il ne les trouvait nulle part, il devint triste à cette pensée des vanités du monde.

Mais quand il vint à chercher les différentes tribus d'Israël qui s'étaient pressées le long des siècles dans l'immortelle enceinte, depuis Josué qui y avait conduit les premières, jusqu'à Titus qui en avait chassé les dernières, voyant qu'il ne trouvait plus de traces, ni de ces tribus innombrables, ni de leurs chefs, il se sentit pris d'un besoin invincible de pleurer, et il dit à sa sœur :

« Gémissons, ma sœur, sur les différentes tribus d'Israël qui sont passées ici depuis Josué jusqu'à Titus (un espace de plus de quinze cents ans) et que nous ne retrouvons plus du tout. »

Et sa sœur lui répondit : « Je gémis. »

Puis il cherche en particulier les prophètes, ces hommes qui avaient fait l'honneur et la gloire d'Israël, et voyant qu'ils étaient tous morts de vieillesse, ou qu'ils avaient été tués entre le vestibule et l'autel, il dit à sa compagne : « Gémissons, ma sœur, sur les prophètes d'Israël qui ne sont plus.... »

Et sa sœur lui répondit : « Je gémis. »

Et il vit alors passer devant ses yeux les pestes, les famines, les captivités essuyées par les Juifs. Horreur! il vit des mères qui mangeaient leurs enfants....

A ces tableaux, il eut à peine la force de dire à Clorinde : « Gémissons, ma sœur, sur les malheurs de Jérusalem ! »

Et sa sœur lui répondit : « Je gémis. »

Et quand ils eurent ainsi pleuré sur les souvenirs d'Israël, Renan se mit à regarder la ville par les cimes, et il aperçut le croissant au lieu du signe rédempteur. Il se souvint tout naturellement des vains efforts de l'Europe entière pour détruire ce symbole adopté par les Turcs. Et il réfléchissait, la tête appuyée dans ses mains.... Sa sœur lui ayant dit : « Qu'as-tu ? » il lui répondit : « Je pensais que c'était bien étrange de voir ici, à la place d'une croix, un objet comme on pouvait en voir jadis sur le front d'Astarté et de Diane, comme les Athéniens en portaient à leurs cothurnes, comme les dames romaines en portaient dans leurs cheveux ! »

Et il ajouta : « Si j'étais Dieu, je ferais tomber des étoiles sur tous les croissants du monde. Je ferais en un clin d'œil ce que n'ont pu faire cinq ou six croisades avec des prodiges de valeur. » Et ces paroles s'échappèrent de sa bouche comme un murmure : « Pourquoi donc, s'il est Dieu, le Christ ne montre-t-il pas sa puissance contre des barbares qui blasphèment son nom, oppriment ses serviteurs, et foulent aux pieds les objets les plus sacrés de leur culte?»

Mais revenant à la perspective des malheurs de l'Europe, et en particulier de la France, aux pieds des remparts de Solyme, il crut de son devoir de donner des larmes aux croisés. Il dit donc à sa sœur : « Gémissons sur les héros chrétiens qui sont tombés dans la lutte contre le croissant. »

Et sa sœur lui répondit : « Mon frère, je gémis sur tous les braves chrétiens qui sont tombés ainsi ; mais qu'il me soit permis de pleurer un instant au souvenir d'une illustre guerrière, mon homonyme, au souvenir de Clorinde. C'était une *Turquassienne*, il est vrai, mais il est bien certain qu'en lui ôtant la vie de ce monde, Tancrède, ce héros chrétien, lui ouvrit le ciel par le baptême. »

Et tandis que Mlle Renan donnait un libre cours à ses larmes et à ses regrets, son frère se disait en lui-même : « J'ai payé mon tribut aux malheurs d'Israël ; j'ai payé mon tribut aux malheurs des croisés ; mais il est en ces lieux des souvenirs bien autres. » Et ayant dénudé sa pensée de toute autre préoccupation, il se mit en présence de Jésus.... et il ne vit plus que lui.... Et, le contemplant en face, il lui parla en ces termes :

« Tous vos traits sont beaux, et toutes vos paroles sont belles, ô Jésus ! A cet égard, vous avez certainement tous mes plus profonds respects.... mais je vois tant de pour et de contre, sous le soleil, et jusqu'en ces lieux mêmes, en ce qui regarde votre divinité, qu'il me faudrait un miracle, aussi palpable, dirai-je, que celui dont parle l'Évangile à propos de saint Thomas....

» Ainsi, il ne me suffit pas d'avoir pleuré comme Châteaubriand pour croire : il me faut voir et entendre, comme saint Thomas, avant que je puisse m'écrier : Vous êtes mon Seigneur et vous êtes mon Dieu. »

Ayant dit ainsi , Renan , malgré ses impertinences , regardait s'il ne voyait pas des rayons divins sur le front auguste du divin maître, et il écoutait s'il n'entendrait pas les accents d'une voix céleste.

Il ne vit rien, et il n'entendit rien. Néanmoins, il ne se découragea pas pour si peu.

C'est pourquoi il voulut commencer son pèlerinage. Il fut d'avis d'explorer les lieux principaux où Jésus était passé durant sa vie mortelle , et il proposa à sa sœur de commencer par le lieu où il était né , pour finir le pèlerinage au Calvaire, où il était mort.

Comme sa sœur accueillit sa pensée, ils se rendirent à Bethléem, à deux heures environ de la ville sainte. Là, ils trouvèrent une église construite sur les lieux mêmes où naquit le Sauveur du monde. Ils entrèrent dans cette église , et ils prièrent. Ce que disait dans sa prière à l'Enfant-Dieu Mlle Renan , nous ne le savons pas; mais on comprenait qu'elle était heureuse. Quant à Abdon, voici ce qu'il disait : « Vous êtes venu au monde, ô Jésus, pour y apporter la lumière; apportez la lumière en moi par un miracle... Et par exemple, si c'est possible, faites que j'entende de mes propres oreilles les voix des anges et des bergers qui célébrèrent un jour votre naissance.... »

Et il n'entendit que la voix du livre sacré disant les merveilles accomplies dans ces lieux.... et il n'entendit que les voix des mères bénissant Jésus du salut accordé chaque jour à leurs petits enfants....

C'est-à-dire qu'il n'entendit rien du tout. C'est pourquoi il dit à sa sœur : « Allons-nous-en plus loin, » et il voulut aller à Nazareth. Ils mirent près d'une semaine pour s'y rendre. Étant arrivés enfin dans la célèbre bourgade, ils se rendirent dans l'église de l'Annonciation, bâtie sur les lieux mêmes où s'élevait jadis la maison de la sainte famille.

Là, voyant des ex-voto, une foule de témoignages en faveur de la divinité de Jésus, il se met à demander un prodige, à peine entré dans le lieu saint; c'était bien juste. Or donc, il demande au Christ de le faire voir clair et loin, parce qu'il est myope, et que cela le contrarie étonnamment.

Et il disait que s'il était guéri, il croirait et proclamerait dans Jérusalem, malgré les Turcs, et partout, malgré les juifs et les philosophes, la divinité de Jésus.

Jésus, qui a fait assez d'autres prodiges, et qui ne manque pas de bouches qui le proclament Dieu, dit à Renan : « Tu es myope? — Oui! — Eh bien! reste myope. »

Renan ne vit donc pas plus clair. Mais comme sa sœur souffrait beaucoup d'une affection nerveuse, elle se trouva beaucoup soulagée, sinon tout à fait guérie, en ne demandant rien, et seulement en priant avec humilité.

Après cela, Abdon dit à sa sœur : « Allons nous promener dans les environs de Nazareth? Là, ajouta-t-il, je verrai et j'entendrai du moins quelque chose. » Et comme ils allèrent dans la vallée d'Esdrelon, non loin de la bourgade, Renan dit à Clorinde : « Je vois! » Et Clorinde lui dit : « Que vois-tu? — Je vois, répondit le frère, le champ de bataille où les Français se sont battus contre les Turcs en 1799.... »

Il ajouta : « Et maintenant aussi, j'entends bien quelque chose.... — Qu'entends-tu, poursuivit la sœur? J'entends l'écho de la vallée répétant les gloires de cinq cents braves de la France qui ont vaincu six mille soldats du Croissant. Voilà ce que j'entends et ce que je vois, l'histoire à la main.»

« Et moi, reprit Clorinde, j'entends et je vois plus que cela encore, l'histoire à la main. Je vois Jésus, dans ces contrées, se préparant, bien jeune encore, à nous sauver par l'exemple de toutes les vertus, en attendant de se livrer à la croix, pour le salut du monde... Et j'entends des voix humaines et des voix célestes qui disent : « Venez et adorez-le. »

« C'est bien, dit Abdon, mais ce n'est pas la même chose : à moins que Jésus ne me montre sa puissance divine, comme je l'entends, je ne puis ni voir ni entendre comme toi. »

Or, comme c'était le lendemain la belle fête de la Transfiguration, Renan dit : « Qui sait si à l'occasion de cette fête, et si nous allions au Thabor, je n'obtiendrais pas un miracle comme il m'en faudrait un pour croire ? »

Et il ajouta : « Allons sur le Thabor, aux lieux mêmes où le Christ s'est transfiguré. » Et c'est là que nous le voyons le lendemain avec sa sœur. Tandis que Clorinde est à genoux et prie, Renan tient ses yeux grand ouverts sur l'espace, pour voir s'il y découvrira Jésus dans son nuage de gloire ; et il prête l'oreille, attentif s'il n'ouïra pas ces paroles célestes : « Celui-ci est mon fils bien-aimé ; écoutez-le. »

Clorinde vit et entendit tout cela dans sa prière ; mais Renan ne vit rien et il n'entendit rien, non plus qu'ailleurs. Disons cependant qu'il remarqua sur le Thabor un tas de pierres, derniers débris d'une ancienne citadelle, et qu'il entendit une voix ; comme à Esdrelon, un écho murmurant encore la gloire des Français vainqueurs des Turcs tout près de ces lieux mêmes.

Et c'était tout. Les pèlerins allaient donc s'éloigner, lorsqu'un vieillard atteignait à la cime de la montagne, appuyé sur un bâton.... Il arrive.... il s'incline en passant devant eux.... et un peu plus loin il se met à genoux... Il est là, bénissant le ciel qui à pareil jour, et en ces mêmes lieux, lui a rendu la vue. « C'est la vingtième année, disait-il, depuis ma guérison, et c'est la vingtième fois que je viens ici vous bénir, ô Seigneur, selon le vœu que j'ai formé de venir chaque année, jusqu'à la fin de ma course. »

La bonne sœur tressaillit d'aise à ce spectacle. Mais comme elle disait à son frère : « Que penses-tu de cela ? » son frère lui répondit : « Je n'ai pas vu le miracle. Comment croirai-je, d'ailleurs, que Jésus a guéri cet aveugle, lorsqu'il n'a pas pu me guérir, moi qui ne suis que myope... »

« Mais, ajouta Clorinde, penses-tu que ce vieillard, qui peut marcher à peine, gravisse la montagne pour le plaisir de dire à Jésus : « Vous m'avez guéri... merci, mon Dieu ! » si réellement il n'avait pas été guéri ? »

Renan allait répondre que ce pauvre homme pourrait bien être fou ; mais ayant pensé qu'on pourrait peut-être en dire autant de lui, il se tut.... Et seulement il dit à sa sœur : « Allons-nous-en à Cana, parce qu'il m'est venu une fort bonne idée... C'est là, en effet, que Jésus a accompli son premier miracle ; il pourrait se faire qu'il voulût aussi faire son premier miracle en notre faveur, dans ces lieux mêmes.

Il pouvait avoir raison. Dans tous les cas, deux pèlerins arrivèrent dans la célèbre bourgade, après plusieurs jours de marche, exténués de fatigue, de faim et de soif.

Ils pensaient donc déjà s'enquérir d'une bonne hôtellerie, en arrivant de la sorte, mais il n'y en avait ni de bonne ni de mauvaise, tout le monde de la bourgade étant sorti, les uns pour les travaux des champs, les autres pour se rendre à une fête voisine.

Il restait seulement çà et là quelques chiens errants qui aboyaient au pain plutôt qu'aux jambes des voyageurs.... Quelle ressource !

Dans une telle position, d'autres auraient fait une mine

de rat pris au piége. Renan, au contraire, ne fut point fâché de cet état de choses. Que cherchait-il, en effet? Un miracle... Et il est à Cana précisément, mort de faim et plus encore mort de soif....

Cependant, il ne demande au Christ Jésus ni des cailles rôties, ni du nectar; mais comme ils ont une bouteille vide, il le prie de la leur remplir du simple vin de la noce mémorable, s'il lui en reste encore quelques gouttes, et il le prie aussi de multiplier un pauvre petit croûton de pain, pas plus gros qu'une noix. (Ce croûton se trouvait au fond du sac de voyage depuis huit jours au moins.)

Il ne demandait donc, en vérité, que le nécessaire, ce nécessaire qui ne fait jamais défaut au plus menu des oiseaux du ciel. Or, cependant, ce nécessaire est refusé à nos bons pèlerins : c'est-à-dire que leur bouteille reste vide, et que leur croûton reste croûton....

La situation était tendue, lorsque véritablement un moine vient à passer : En apercevant le panier que celui-ci porte à son bras, Renan pense que le voyageur va lui demander un morceau de pain.... Et il se dit : « Quelle ironie! des chiens et un moine à nourrir quand on n'a pas de pain pour soi ! »

Il se trompait; car le saint voyageur s'étant approché d'eux, leur dit en leur présentant son panier : « Ce panier est à votre disposition ; prenez-le, mangez et buvez tant que vous voudrez de ce qu'il y a dedans. » Et réellement ils eurent à volonté du pain, du vin, du saucisson et du fromage de Cana. Or, qu'est ceci, sinon un miracle! Ainsi du moins le pensait Clorinde. Renan, lui, voulut bien voir dans cette aventure un heureux hasard, mais pas autre chose, parce que sa bouteille était restée vide, et parce que le croûton ne s'était pas multiplié.

Il aurait cru cependant à un prodige, disait-il, si le moine s'était élevé dans le ciel, par exemple, après les avoir servis.

Comme il n'en avait rien fait, ce n'était ni le Christ, ni un envoyé du Christ, c'était un moine comme devraient être tous les autres : des porteurs de vivres pour les voyageurs, tandis que beaucoup n'ont un panier que pour se le faire remplir. Ils avaient donc, ajoutait-il, rencontré un bon diable (ce dont il n'était pas fâché), et voilà tout le souvenir qui lui resterait de Cana en Galilée.

Du reste, Renan ne désespérait pas encore, et il dit à sa sœur : « Le Christ aimait beaucoup les bords du lac de Tibériade, et les évangélistes et les Actes des apôtres rapportent qu'il y a fait de nombreux prodiges. Allons sur les bords de ce lac. »

Et ils y allèrent. Mais disons qu'ils visitèrent auparavant la ville fondée par le tétrarque Hérode Antipas, qui lui donna le nom de Tibère. Là, Abdon se souvint qu'une société de docteurs juifs publia dans cette ville, en 70, le fameux *Talmud*. Il n'oublia pas non plus que, tout près de là, Saladin défit Gui de Lusignan, roi de Jérusalem, en 1187.

Ils allèrent aussi jeter un coup d'œil sur Capharnahum et plusieurs autres villes éparses sur les rives du lac. Mais Renan avait l'idée de la pêche, et il ne voulut point s'amuser beaucoup dans ces différents lieux, où d'ailleurs il ne trouva aucun des témoins oculaires de la vie du Christ et de ses miracles.

Les voilà donc bientôt sur les bords de la mer. C'est par une belle matinée qu'après les avoir vus se promener une heure environ, nous les voyons se diriger vers la barque d'un pêcheur, lequel arrivait de la pêche, où il était allé depuis la veille, et n'avait rien pris du tout.

La femme et les enfants de ce pauvre homme l'atten-
daient au rivage.... et ils furent bien tristes en apprenant
qu'ils n'auraient pas de pain de tout le jour, faute d'avoir
du poisson à vendre. Néanmoins, ils ne rentrèrent pas au
logis sans espoir, lorsqu'ils virent repartir la barque emportant Renan et sa sœur, conduits par le pêcheur lui-même;
car non-seulement le pêcheur fut heureux de leur prêter
sa barque et ses filets, il voulut bien aussi les accompagner à la pêche.

Mais comme il ne donnait pas grand espoir à Abdon,
Abdon lui dit : « Dieu connaît les abîmes des mers; et s'il
veut remplir nos filets à les rompre, il le peut fort bien,
sans doute. » Et il rappela même au pêcheur la pêche miraculeuse de Pierre.

Disant ainsi, il lança ses filets dans la mer, avec une
adresse admirable, à ce point, que le pêcheur lui-même
reconnut son maître, et que Mlle Clorinde s'écria que saint
Pierre n'eût pas fait mieux, certainement; mais il n'y eut
rien dans le filet quand il le retira. Il changea de filet,
et il lança le second mieux encore peut-être que le premier, et il n'y eut rien non plus dans celui-ci.

Un autre se serait découragé; pas Renan, parce qu'il se
souvint que saint Pierre n'avait point réussi d'abord. C'est
pourquoi notre homme insista avec un courage rare, afin,
sans doute, d'avoir raison de Jésus, en le mettant au pied
du mur, pour ainsi dire; et, en vérité, il fit bien, car il
finit par prendre du poisson pour au moins une douzaine
de personnes. Mais comme ce n'était que du fretin et qu'il
n'avait pu le prendre qu'insensiblement, était-ce bien là un
miracle? Vous en jugerez.

Renan (cela va sans dire) donna le fruit de la pêche au
malheureux, qui put avoir du pain pour lui et sa famille

avec le prix de ce poisson.... C'est pourquoi le pauvre cher homme criait miracle, et bénissait Dieu de tout son cœur, et même Renan. Celui-ci ne voyait là qu'une aventure heureuse pour ce père de famille (comme l'aventure de Cana avait été heureuse pour eux), et il déclarait, néanmoins, qu'il ne douterait de rien, s'il avait pu prendre un requin ou un esturgeon. Et on abandonna la rive avec des sentiments divers, Clorinde croyant au miracle sans tout cela.

Cependant, quelques jours après, les deux pèlerins sont revenus sur les bords du lac. Comme la mer était tourmentée par une tempête affreuse : « C'est bon, dit Renan ! j'ai assez longtemps chanté au séminaire : *Post tempestatem tranquillum facit,* mais je n'ai point vu le Christ à l'œuvre.» Et s'étant posé en face de Jésus, il lui commande plutôt qu'il ne le prie d'apaiser les flots soulevés jusqu'aux cieux, ainsi qu'il les avait apaisés autrefois, à l'occasion de ses apôtres en péril.

Et comme sa sœur lui représentait qu'il n'y avait personne en péril sur le lac, ils aperçurent à l'horizon, tout à coup, sur la croupe des flots, une barque en proie à la tempête. Les cris des matelots arrivent jusqu'à leurs oreilles plus attentives, mêlés à la grande voix de l'ouragan. Tous ceux qui sont au rivage comprennent bien que c'en est fait de la pauvre barque.... qu'il n'y a point de salut pour les infortunés matelots sans un miracle.... Renan lui-même en convient.

Mais c'est alors qu'il somme de nouveau le Christ (et en propres termes, s'il est Dieu), d'apaiser la tempête, ou sinon d'aller chercher et de sauver lui-même, en marchant sur les flots, cette barque en péril.

Le flot reste irrité, menaçant, formidable, et le Christ ne marche pas sur les flots ; et cependant la barque ne périra pas. Le ciel, en effet, a entendu les cris des matelots et, sans qu'Abdon ait pu s'en apercevoir, il a envoyé son ange au secours des infortunés.... et ils ont échappé au naufrage....

Jésus a-t-il fait la volonté de Renan? Non... car, comme Renan le dit fort bien à sa sœur, il n'a ni apaisé les flots, ni marché sur les eaux de la mer; il n'a fait rien du tout, et la barque n'a point péri, parce qu'elle ne devait point périr. Et il voulut retourner à Jérusalem, d'où ils étaient partis depuis plusieurs mois.

De retour à Jérusalem, Abdon dit à sa sœur : « Ma foi est sérieusement ébranlée ; mais, à cause de ma mère, il me semble que j'espère encore... C'est aux pieds de la croix qu'est mon dernier espoir... Allons... » Mlle Renan ne répondait jamais non à son frère, parce qu'elle n'était pas aussi forte que lui en histoire, mais, par exemple, elle était plus forte en humilité. Néanmoins, elle se permit de lui dire que, pour elle, sa foi avait augmenté dans ce pèlerinage, et même de beaucoup, à cause des différentes choses qui s'étaient passées à leur occasion....

Son frère avait bonne envie de la traiter d'imbécile, mais il se contint ; et lui ayant donné son bras, ils partirent pour le Calvaire. Ce n'est pas qu'ils n'eussent vu le Calvaire, mais comme ce n'était pas le point de départ du pèlerinage, que c'en était au contraire la fin, Renan n'avait rien demandé, là même où tout est miracle. (Il aimait la méthode.)

Toutefois, avant d'arriver aux lieux du sacrifice, voyons-les s'asseoir en passant à l'ombre des oliviers de mémoire. A peine assis sur un banc de gazon, leur oreille est frappée par un léger murmure... Si c'était la voix de Jésus qui reviendrait prier comme aux jours de sa vie mortelle, au sein

de ces bocages solitaires ?... Plutôt, si c'était lui qui vien-
drait dire à Renan, comme il disait autrefois à son Père :
« Me voici, que voulez-vous que je fasse pour vous faire
plaisir ? » Ce n'est pas la voix de Jésus, c'est la voix d'un
cœur reconnaissant qui le bénit, qui rend grâces pour un
bienfait signalé dont il l'a comblé naguère....

Renan, toutefois, se prit à regarder si ce n'était pas autre chose, et au moins l'ange consolateur qui descendit
jadis dans le bocage pour aider Jésus dans sa douleur profonde.... Mais voyant enfin qu'il ne s'agissait que d'un mortel
reconnaissant pour les bienfaits de Dieu, il dit à sa sœur :
« Levons-nous, et gravissons le sommet de la montagne
sainte, où nous verrons autre chose, sans doute.... »

Et nous les trouvons bientôt dans l'église qui a été construite sur l'emplacement où la vraie croix fut trouvée. Là,
nous voyons le frère et la sœur agenouillés et profondément
recueillis....

Mais déjà, et tandis que sa sœur est mille fois heureuse
aux pieds de Jésus mort pour nous, Renan n'a qu'une
idée invincible, l'idée de son miracle. S'adressant donc au
Christ : « Si j'étais Dieu, dit-il, et que vous seriez Renan,
j'exaucerais votre prière ; je le sens en moi, je ne pourrais
pas vous refuser plus longtemps un signe certain de ma
divinité.... »

Il représenta alors à Jésus que c'était la fin du pèlerinage, et par conséquent l'heure suprême, où sa foi s'étein-
drait pour toujours, ou se rallumerait au flambeau d'une
manifestation souveraine.... « Mon sort, disait-il, dépend
tout entier d'un miracle.... Pourquoi ne le feriez-vous
point ?.... »

Et comme si Jésus eût dû céder devant une menace de
Renan : « Eh bien ! ajouta-t-il, un miracle aura lieu ou il

n'aura pas lieu, mais ce que je sais, c'est que s'il a lieu, je respecterai le vœu d'une mère, et que s'il n'a pas lieu, je serai l'ennemi des prêtres, et l'ennemi du Dieu de leurs autels ! »

Et le Christ lui dit : « Je résiste aux superbes ; et comme vous êtes un misérable orgueilleux, je ne vous prouverai pas autrement ma divinité que par mes suprêmes dédains. » Néanmoins, Jésus daigna le renvoyer aux Écritures anciennes et nouvelles, où il trouverait sa divinité établie incontestablement sur les miracles et les prophéties, ajoutant que d'autres, le valant bien sans doute, avaient reconnu et cru parfaitement cette vérité.

Et Renan lui répondit qu'il attaquerait ces livres ; qu'il en détruirait toute la valeur aux yeux des peuples, au moyen de l'histoire, qu'il voulait étudier à fond, à cet effet.

Et le Christ lui dit alors : « Le ciel et la terre passeront, et vous passerez avec eux ; mais, de toutes les paroles écrites dans ces livres, pas une ne passera.... »

Or, comme les pierres de la montagne ne se fendirent pas, que le voile du temple resta intact, que le soleil ne se mit pas dans un deuil profond, que les morts ne sortirent pas de leur sépulcre, Renan descendit de la montagne, cherchant déjà le premier venu pour lui dire : « Que voulez-vous me donner, et je vous le livrerai ? »

Et il trouva un Phénicien qui, ayant entendu les paroles de haine dont la bouche de Renan était remplie contre Jésus, lui dit : « Allez-vous-en à Byblos ; c'est là que vous trouverez des preuves incontestables contre la divinité du Christ ; c'est là que vous trouverez des armes pour le frapper au cœur. »

Et ayant dit ainsi, le Phénicien lui indiqua un endroit de Byblos où il devrait se rendre, et il lui remit une clef.

TROISIÈME PARTIE

BYBLOS

On voit ici Renan sur les bancs de l'école
Où Jésus même apprit le grec et le latin...
Vous direz : C'est fort drôle !
Il faut bien voir de tout un peu sur son chemin !

En vérité, je ne reconnaissais plus Abdon tout à coup. Et comment cela ? C'est qu'il n'a plus sa soutane. — Et qu'en a-t-il fait, direz-vous ? — Après une conférence nouvelle avec le Phénicien, il l'a vendue à un juif de Jérusalem, lequel l'a déjà revendue à un dervis.... Et maintenant il est en civil, en bourgeois, en petit marquis, et le voilà, une canne à la main, prêt à partir pour Byblos.

Comme il lui tarde d'arriver, et de faire grincer la clef du Phénicien dans la serrure de la célèbre tour ! Clorinde cependant s'éloigne de Jérusalem avec beaucoup de regret, parce que d'abord elle a été très-heureuse de toutes les choses qu'elle a vues sur la terre des miracles, et à cause qu'elle eût bien mieux aimé, au lieu d'aller plus loin, s'en retourner en France et voir sa bonne mère.

Mais comme Abdon lui avait dit : « Je vais savoir enfin la vérité, toute la vérité, » elle se soumettait à Abdon, avec la pensée que le Seigneur ferait trouver la vérité à ce pauvre enfant, le ramènerait à l'accomplissement du vœu maternel. Et elle disait : « Nous rentrerons plus tard au foyer, sans doute, mais il y rentrera fidèle à ses devoirs ! »

Tels étaient les sentiments de Clorinde au départ de la ville sainte pour Byblos. Renan, au contraire, partait avec les sentiments qu'avait saint Paul sur le chemin de Damas, lorsqu'il s'en allait exercer toutes ses fureurs contre les chrétiens de cette ville.

Nous arrivons à Byblos.

Byblos est une fort jolie petite ville de la Phénicie, célèbre par le culte qu'on y rendait encore à Adonis, vers la fin du cinquième siècle. Elle est située sur les bords du fleuve qui porte le nom de ce dieu, tué par un sanglier et ressuscité par Proserpine.

Comme les fêtes consacrées à cette divinité n'existaient plus à son arrivée, Renan ne put y assister, d'autant qu'il n'aurait peut-être pas été admis à pleurer avec les femmes sur la mort d'Adonis et à se réjouir avec elles sur sa résurrection. D'ailleurs, il avait bien autre chose à faire, comme nous le verrons.

A peine, en effet, fut-il installé avec sa sœur, dans une bonne hôtellerie, que déjà il se mettait en route pour se rendre à la vieille tour, située au nord de la cité et sur les bords du fleuve qui la baigne de ses flots rougis par le sang d'Adonis.

Parfaitement renseigné qu'il était par le Phénicien, il trouva sans difficulté la dite tour, fermée à tout profane, et au seuil de laquelle était véritablement gravée cette défense : *Profane, loin d'ici!* Pour pénétrer dans l'enceinte, il fallait nécessairement connaître certains mots et gestes, certaines formalités enfin, sans quoi on restait dehors, à moins qu'on n'eût une clef, comme Renan, ce qui arrivait lorsque les initiés aux mystères de la tour rencontraient un homme digne d'être des leurs : alors ils agissaient comme le Phénicien avait agi vis-à-vis de Renan. Ces cas étaient rares, sans doute, mais quel démon n'aurait pas donné à Renan la clef des abîmes, lorsqu'il descendait du Calvaire à Jérusalem ?...

Voilà donc notre héros sur le seuil de la tour : il a sa clef à la main, il l'introduit dans la serrure d'une porte en fer... Un grincement se fait entendre... la porte s'ouvre... Renan est dans l'enceinte.

Soudain un bruit, comme celui de l'orage dans le lointain, frappe ses oreilles.... On dirait un cliquetis d'armes de toute sorte, un fracas de chaînes se brisant les unes contre les autres, puis des voix qui sortent des tombeaux....

Cependant un vieillard, en costume plus monacal qu'autre chose, survient et dit à l'étranger : « Que désire mon frère, et de quel pays nous vient-il ? »

Abdon lui répondit qu'il était Français, qu'il venait en ces lieux pour s'instruire, et qu'il ferait tout ce qu'on voudrait pourvu qu'on l'instruisît à fond, et qu'il pût voir surtout le miracle qu'un Phénicien lui avait promis, c'est-à-dire, un miracle plus clair que le jour.

« Nous faisons ici de grandes choses, répondit le vénérable, et si réellement vous avez bonne volonté, comme vous le dites, et comme je le crois, vous aurez lieu d'être content de votre venue. »

Mais alors, et sans plus discourir, celui-ci, dont la mission consistait à introduire les nouveaux venus, banda les yeux de l'étranger, et, le faisant marcher à reculons, le conduisit par des circuits fort difficiles dans la salle destinée à des épreuves dont Renan ne se doutait guère, bien qu'il fût prêt à tout pour avoir un miracle, non moins que pour connaître les mystères du monde.

Arrivés là, le vieillard lui dit : « Bon courage ! » Et il le laissa seul. Mais lorsque les pas de l'introducteur se furent

perdus dans le lointain, et comme sous des voûtes profondes, Renan put ouïr un bruit d'ossements desséchés qui se
choquaient entre eux, puis dans l'espace, autour de lui,
comme des souffles s'échappant avec peine parce qu'ils sont
mal contenus ; et puis il entendait le léger clapottement du
flot qui baigne en passant la tour mystérieuse.

Cependant, après une assez longue méditation qu'il avait
eu le temps de faire sur sa position étrange, une voix par-
vint jusqu'à lui, disant : — « Qu'êtes-vous venu chercher
parmi les habitants de la tombe, vous qui avez franchi le
seuil de cet abîme ? »

« Je suis venu chercher la lumière, et je suis venu cher
cher un miracle, répondit Renan... »

La voix lui dit alors : « Si vous êtes mûr pour l'épreuve
réservée à ceux qui désirent être comme nous, vous aurez
en récompense tout ce que vous ambitionnez en ce moment.... Voulez-vous être comme nous, poursuivit la voix,
et par conséquent, voulez-vous subir les épreuves nécessaires à cet effet ? »

« Je le veux, répondit Abdon... »

A ces mots, on lui enleva le bandeau qu'il avait sur
les yeux, et il fut ébloui, tout à coup, des vives et pures
clartés qui l'inondaient. Mais à peine il a le temps de voir
une salle tendue de rouge et de noir, puis deux hommes
complètement noirs, l'un se tenant debout, l'autre étant
couché dans une bière ; à peine, dis-je, a-t-il le temps de
voir ces choses funèbres, que déjà les plus épaisses ténèbres sont revenues.

Et la voix se faisant entendre de nouveau, lui dit :
« Comme vous venez de voir des yeux du corps une vive
clarté, après être sorti d'une nuit profonde ; ainsi, lorsque,
après les épreuves, vous serez admis à la connaissance de

nos mystères, les yeux de votre intelligence se reposeront sur les rayons purs de la vérité... »

L'homme qui était debout s'adressant alors à l'homme couché dans un cercueil : « O mort ! s'écria-t-il, toi qui nous éclaires, toi qui nous diriges par tes communications avec l'esprit, ce jeune étranger est-il assez mûr pour les épreuves ? »

« Il est mûr, répliqua une voix funèbre.... Quelle est, poursuivit l'autre, la première épreuve ?... — C'est l'épreuve de la croix, répondit le mort.... »

Et l'homme noir qui était debout, dit à l'étranger : « Avez-vous une croix ? — J'en ai une, répliqua Renan ; c'est la croix du souvenir que m'a donné ma mère, au jour de ma première communion. »

« Eh bien ! dit l'homme noir, cette croix que vous possédez ainsi, la jetteriez-vous dans le fleuve qui baigne ces murs ? la jetteriez-vous dans le feu en signe de mépris et de haine ? »

« Je ne sais, répondit Renan ; non point que je croie à sa vertu, mais à cause de ma mère. — Eh bien ! reprit la voix, si vous voulez la lumière, vous allez prendre cette croix dans vos mains, puis lui cracher dessus trois fois, et la fouler aux pieds.... »

Disons qu'à ces paroles Renan parut en proie à une véritable émotion et se tut un instant. Ce qu'ayant compris l'homme noir, il lui dit avec expression : « Jeune homme, prenez garde de n'être pas digne de nous, et qu'ainsi nous ne vous renvoyions à votre séminaire, à vos bigottes et bigots, à tous vos cafards enfin, car nous savons fort bien d'où vous venez. »

Surmontant son émotion, à ces mots, Renan répondit à la voix : « Je ferai ce que vous me commandez de faire. »

Et alors l'ex-lévite foula aux pieds la croix du souvenir, après avoir craché trois fois à la face du petit christ dont elle était ornée, et on put entendre comme un tressaillement dans la profondeur des abîmes.

L'homme noir dit alors à son compagnon qui était dans la bière : « Toi qui du sein de la mort où tu habites vois l'esprit qui nous dirige et qui nous éclaire, dis-nous si ce jeune homme a subi sa première épreuve en homme de bonne volonté ; dis-nous s'il a véritablement renoncé à la croix pour toujours ; dis-nous, enfin, s'il aimerait mieux mourir que de revenir sur ce qu'il a fait. »

Et l'homme mort, mais qui voyait parfaitement l'esprit de lumière et de vérité, répondit : « L'épreuve a été subie comme il convient, et s'il fallait la répéter trois fois, sept fois, le jeune homme qui est ici présent la répéterait. » Voilà ce que l'esprit me communique.

L'homme noir, qui n'était pas mort, dit à Renan : « Est-il vrai que s'il le fallait, vous répéteriez trois fois, sept fois l'épreuve, selon que l'esprit le dit ? Est-il vrai que vous préféreriez mourir que de revenir sur ce que vous venez de faire ? »

Renan ayant répondu qu'il en était ainsi de ses intentions, l'homme noir lui dit : « L'épreuve est terminée : dans huit jours, à la même heure, vous reviendrez parmi nous, et ce sera le jour d'une nouvelle épreuve. »

A ces dernières paroles, Renan sentit placer un bandeau sur ses yeux, puis deux mains le ramener en arrière.

Après avoir suivi à reculons les mêmes circuits, sans doute, qu'il avait parcourus d'abord, il se trouva à la porte de fer par où il était entré…. Là seulement son conducteur lui donna la lumière ; après quoi lui ayant ouvert la porte, il lui dit : « Au revoir ! »

Huit jours se passent, pendant lesquels Abdon et sa sœur causent beaucoup ensemble et se promènent dans tous les environs de Byblos.

Mais ce temps écoulé, et à l'heure dite, Renan se trouvait à la porte de fer, et il faisait grincer sa clef dans la serrure avec un ineffable bonheur, heureux que le moment fût enfin venu de subir une seconde épreuve qu'il ignore, mais qui lui fera faire un pas vers la lumière.

Comme la première fois, ses yeux furent bandés ; comme la première fois aussi, il fut conduit à reculons par des sentiers divers. Seulement ce fut son introducteur qui lui donna la lumière, et le laissa environné de clartés plus radieuses encore que la première fois.

Tout à coup il ne vit plus rien.

Mais alors une étincelle, brillante comme l'éclair de la foudre, jaillit d'une peau de bête que Renan avait déjà pu voir suspendue à la muraille, en face de lui. L'éclair le frappa au front, et le malheureux tomba soudain comme foudroyé. Néanmoins, il put encore ouïr une voix qui lui disait : « Buvez ceci, et vous serez soulagé.... » Il sentit alors un flacon dans ses mains ; il le portait à ses lèvres, lorsqu'une autre voix lui dit doucement à l'oreille : « Ne buvez pas, c'est un poison subtil ! » Mais une nouvelle voix répliqua à son autre oreille : « Buvez, ou vous êtes mort ! »

Et Renan vida une coupe de fiel et de vinaigre, à laquelle il dut son salut, sans doute, car il ne mourut point du coup de foudre ; bien plus, il put se relever et suivre une main qui le dirigeait dans l'ombre. Peu après, une voix lui disait : « Regardez devant vous ! » Et regardant, il vit le flot profond et rapide du fleuve. « Cette eau que vous voyez, poursuivit la voix, ne suffirait point pour vous enlever la tâche que je vois à votre front, et voilà pourquoi les fu-

reurs de la bête vous poursuivent ; voilà pourquoi ses foudres vous ont frappé. Il s'agit donc de vous enlever la tâche
que vous portez ainsi sur vous, c'est-à-dire le baptême,
afin de vous mettre en règle vis-à-vis de la bête... C'est vous
dire, sans doute, que c'est aujourd'hui l'épreuve du baptême.
Voulez-vous la subir ? »

« Je veux, répondit Renan, tout ce qui doit me conduire
au résultat que je poursuis, c'est-à-dire à la lumière et à
la vérité. » Il dit, et alors eut lieu le spectacle suivant, à
la lueur d'une clarté blanche et pâle : Un homme noir se
relevait d'une bière, et il allait prendre un vase d'airain,
placé sur une petite table de marbre noir, à côté de lui, et
se rapprochait ensuite de Renan, comme le fantôme de la
mort. Dans ce moment, un autre homme noir venait de
courber la tête de l'ex-lévite, et le fantôme, élevant sur
cette tête courbée l'urne qu'il tenait dans ses mains unies,
répandait une eau de feu, tandis qu'il prononçait, d'une
voix lugubre, ces paroles : « Je te débaptise du Père, du
Fils, du Saint-Esprit, et de tout ce que l'Église catholique,
apostolique et romaine a pu laisser en toi de mauvaises tâ-
ches baptismales. »

Le pauvre ex-lévite poussa des cris douloureux ; mais il
fallut se taire pour entendre la voix qui s'éleva solennelle,
disant : « Vous êtes pur, et votre alliance avec la bête est
en bonne voie ; du moins, si vous n'avez pas encore sa
vertu, vous n'avez plus à craindre ses fureurs. »

Ayant dit ainsi, le fantôme rentra dans sa bière, et les
ténèbres se firent de nouveau.

Mais alors l'homme noir dit au fantôme : « Voyez-vous
bien clairement l'esprit qui nous dirige et qui nous éclaire ?
— Je le vois, répondit le fantôme. — Puisqu'il en est ainsi,
dit le premier, dites-nous si la seconde épreuve est bonne

et parfaite ? — Elle est bonne et parfaite, répondit l'homme du tombeau ; l'esprit me révèle, en toute vérité, que l'eau de feu a purifié jusqu'au dernier cheveu de la tête souillée ; il me révèle ensuite que le sujet se trouve animé des meilleurs sentiments. »

« Vous entendez, dit l'homme noir en s'adressant au débaptisé, ce que l'esprit révèle... Est-il bien vrai, en effet, que vos sentiments soient purs et sincères ? Et, par exemple, s'il fallait vous soumettre à la même épreuve, seriez-vous parfaitement soumis à notre volonté une fois, trois fois, sept fois ? »

Renan répondit que oui.... et la voix lui dit : « Vous arriverez bientôt à la lumière ; encore un pas, et vous verrez ; c'est pourquoi nous vous attendons le huitième jour, dans ce même lieu, afin de vous montrer ce que nous sommes et ce que nous pouvons tous ici. En attendant, préparez-vous à la troisième épreuve, et sachez bien déjà que vous aurez peut-être besoin de quelque force ; mais, à la manière dont vous avez subi les précédentes épreuves, nous sommes certains que la troisième ne vous trouvera pas au-dessous d'elles. »

Après ces paroles, et après les cérémonies d'usage accomplies pour sa sortie de ce lieu et de la tour, Renan retournait auprès de sa bonne sœur.

Là, pendant une semaine, nous sommes témoins des plus agréables promenades possibles, et nous assistons à des entretiens intimes. Mais le huitième jour étant venu, Renan n'oublie point qu'il est attendu ailleurs. Et c'est lui que nous apercevons déjà devant la porte de fer.... Mais d'où vient qu'il ne fait pas grincer sa clef dans la vieille et formidable serrure...? Et que vois-je ? Tout à coup, il va, vient, se frappe le front en prononçant des paroles entrecoupées, comme un homme désespéré.

Cependant, il frappe à la porte ; il essaie comme des paroles magiques, au hasard, et qui n'ont point de sens ; mais malgré les deux premières leçons qu'il a reçues, il sent retomber sur lui de tout leur poids ces paroles gravées sur le seuil : « Profane, loin d'ici ! » Mais pourquoi, direz-vous, Renan ne se sert-il point de sa clef? C'est facile à dire ; mais comme il a perdu la dite clef, il lui serait difficile de s'en servir.

Que devenir, dans la position présente? — Une idée ! Renan se souvient, comme par miracle (il pense même que c'en est un), savoir : qu'à l'occasion de sa seconde épreuve, il a vu le fleuve effleurer, pour ainsi dire, une lucarne de la tour....

Si donc il avait une nacelle, il serait assez facile de se présenter à cette lucarne, et de se faire, au besoin, hisser par les cheveux (il était passé par des épreuves plus fortes). Tout à coup, il jette les yeux le long du fleuve; il ne voit point de barque; il regarde plus haut, plus bas.... point de nacelle encore....

Eh bien ! dit-il alors, mon devoir m'est dicté ! Et il se jette, en costume bourgeois, dans les flots d'Adonis, environ cent mètres en amont de la tour. Pourquoi se jette-t-il à cette distance de la tour? Ce n'est point pour arriver plus tôt sans doute, mais c'est pour être mieux à même de viser la lucarne et de s'y préparer un abordage sûr et certain, même élégant le plus possible.

Voyez, en effet, comme son œil est attentif sur là petite ouverture dont l'Adonis effleure en passant les bords ! Voyez comme il ne cède pas un pouce de terrain au flot, qui voudrait l'entraîner dans son cours rapide, et le faire dévier !

Le nageur arrive donc à la lucarne avec une exactitude

mathématique. Il est sauvé, car déjà il a pu reposer une main, puis l'autre, sur les parois de l'ouverture....

Et maintenant, il n'a plus qu'une préoccupation : c'est celle de faire son entrée dans la tour avec son costume un peu humecté, et puis sans chapeau, car il a perdu son chapeau dès son entrée trop vigoureuse dans le fleuve.

Néanmoins, il se hisse; il pénètre dans l'intérieur d'un appartement sombre. A la pensée qu'il y a des personnes qu'il ne peut voir encore, il s'incline, en saluant de droite et de gauche, quand tout à coup un abîme s'ouvre sous ses pieds, et il tombe dans le vide, à cent pieds environ sous terre... Il arrive là, non-seulement tout mouillé, mais au sein des plus épaisses ténèbres, et sans une allumette.

Qui ne plaindrait le sort de ce pauvre malheureux, qui tombe à tant de profondeur, tout mouillé, et sans une boîte de Roche et Cie à son service ! Aussi que fait-il? Après s'être assuré de suite qu'il n'avait aucun mal (à cause, sans doute, qu'il n'avait plus de baptême), il se met à crier de tous ses poumons : « Au secours ! et du moins, dit-il, qu'on m'expédie une allumette ! »

Or, les hommes noirs, qui n'avaient pas manqué de le voir venir sur l'eau, et qui avaient deviné ses projets d'abordage, étaient là pour la troisième épreuve, d'autant que la lucarne amenait Renan aux lieux mêmes où elle devait commencer. Seulement, le débaptisé sera dispensé du bain qu'on lui aurait fait prendre, vu qu'il l'aura pris lui-même.

Les hommes noirs sont donc à leur poste, et la voix de Renan monte jusqu'à eux. C'est pourquoi l'un d'eux, prenant la parole, lui répondit brutalement : « Qui êtes-vous, vous qui criez de la sorte ? »

« Je suis, riposta Renan de toutes ses forces, celui qui doit subir la troisième épreuve, aujourd'hui, dans la tour....

— C'est bon, lui fut-il répliqué soudain, mais alors, voici pour votre gouverne au sein des effroyables abîmes dans lesquels vous êtes tombé pour toujours, à moins que les devs, maîtres de ces abîmes, ne veuillent vous en laisser sortir : Allez sans peur et sans crainte, jusqu'à ce que vous rencontriez un obstacle en face de vous : arrivé là, vous frapperez bien fort, et l'on vous ouvrira, afin que s'accomplissent à votre sujet ces paroles évangéliques : « Frappez rudement, et il vous sera ouvert. »

« Vous êtes bon, répartit Renan ! Où voulez-vous que j'aille sans lumière ? Passez-moi, du moins, une allumette, si vous avez un brin d'entrailles.... » — Je n'ai rien à vous donner, dit la voix d'en haut ; j'ai pris la peine de vous tracer votre chemin ; salut et joie, bonsoir !...

Renan eut beau crier, il n'eut point d'autre réponse. C'est pourquoi, s'étant assuré qu'il y avait devant lui une issue, il se mit en chemin. L'issue était vaste, et sans encombre dans son centre. Seulement, lorsque le voyageur déviait un peu trop de sa ligne droite, il aboutissait à un obstacle qui devenait sonore si peu qu'il vînt à le heurter... Mais lorsqu'il venait à frapper l'obstacle comme pour demander l'entrée, une musique vraiment ravissante lui répondait, et c'était toute la réponse ; ce qui lui faisait dire : « En vérité, si ces lieux sont enchantés, il ne sont pas très-loquaces.... »

Et notre homme poursuivait péniblement sa route dans le vide....

Or, il y avait longtemps déjà qu'il cheminait dans l'ombre, lorsque en vérité l'obstacle *en face* se présenta . et comme il n'était pas attentif dans ce moment à tenir ses mains devant lui, il aborda *nasicalement* une porte de fer.

Au coup léger, néanmoins, que le pauvre nez frappa,

une voix répondit : « Qui frappe ? — Un frère, répondit
Renan.... — Quelle espèce de frère ? ajouta la voix ; un
frère turc ?... — Je ne suis pas turc, répondit le débaptisé.... — Et la voix poursuivit, disant : « Êtes-vous juif,
chinois, cochinchinois, protestant, saint-simonien, catholique ?... — Je ne suis rien de tout cela, répondit encore
notre homme. — Mais alors, qu'êtes-vous donc ? dit l'autre. Êtes-vous baptisé de quelque façon ? parlez !... — J'ai
été baptisé, répliqua Renan, mais je ne le suis plus.... »

« Horreur ! s'écria la voix.... Fuyez loin d'ici, maudit !
Allez-vous-en de l'autre côté du tunnel, chez les devs,
c'est-à-dire chez les diables, à moins que vous ne veniez
ici pour vous faire remettre le baptême ! » Ainsi parlaient
eux-mêmes les devs, car c'étaient eux qui s'étaient rendus
à cette extrémité du tunnel pour éprouver Renan.

A ces accents peu gracieux, Renan se mit à frapper
comme un sourd, et ce fut sa réponse. Mais à ces coups
redoublés, le tunnel fut rempli d'harmonie ; il semblait *mu-
siquer* par tous les pores. La musique, cependant, cessa
bientôt ; et comme Renan comprit un éloignement de pas,
il prit vigoureusement la parole, demandant si ce n'étaient
pas là des devs, comme on le lui avait annoncé. — Une
voix lointaine lui répondit bien vite : « Dieu nous garde
d'être des devs, c'est-à-dire des vrais démons ! Nous sommes les ennemis de ces malheureux, ajouta la voix, et
notre vie est consacrée à les combattre... »

« Mais j'ai froid, j'ai faim et soif ; je suis sans chapeau
sur la tête, et mouillé jusqu'aux os ; qui que vous soyez,
s'écria Renan, pourriez-vous n'avoir point pitié de moi, et
me refuser de passer chez vous, afin que je regagne au plus
vite mon domicile ? »

« Si nous vous laissions passer, lui répondit-on, vous qui

n'êtes plus baptisé, quel malheur ! Indépendamment que la
foudre pourrait tomber sur nous, il nous faudrait envoyer
chercher l'encens le plus pur d'Arabie, afin de purifier notre
demeure chaque jour pendant une année entière, et si
nous avions surtout le malheur de vous toucher, il nous
faudrait laver nos mains vingt fois par jour, toute notre vie !

Renan se déconcerta, à ces paroles. « Néanmoins, qui
êtes-vous donc, dit-il, puisque vous n'êtes pas des devs?...
— On vous apprendra de l'autre côté qui nous sommes;
lui dit la voix; allez, et laissez en repos ceux qui veulent
dormir, car c'est l'heure de minuit, c'est-à-dire point
l'heure de déranger le monde. —Minuit ! dit Renan ; mais
c'est affreux pour moi de me trouver, à minuit, je ne
sais où ! Oh! ma sœur!... Mais, retournons, sans plus de
plainte, vers le lieu d'où je suis parti. »

Tout à coup, comme il était peu satisfait de l'accueil du
moment, il se rua contre la porte dont on lui refusait l'entrée, et la bomba de coups de pieds et de coups de poings.
Aussi fut-il inondé de musique, tandis qu'il retournait sur
ses pas; il eût préféré être inondé de lumière, car il était
toujours dans les plus épaisses ténèbres; ce n'est point,
toutefois, qu'il n'eût demandé une allumette, une seule, à
ceux qui lui refusaient le passage.... Mais nous devons dire,
pour être justes, qu'on lui en aurait donné, s'il avait voulu
dire : « Donnez-moi une allumette, pour l'amour de Dieu; »
sans doute on la lui aurait fait passer par le trou de la
serrure ; mais enfin, il ne voulut pas dire : au nom de Dieu !
et il n'en eut pas.

Et maintenant, parce qu'il est plongé dans une obs-
curité profonde (ce qui est de sa faute), écoutez-le :
« O nuit ! s'écrie-t-il, périsse ton auteur, si le soleil, un
jour, ne luit pas en tous lieux, et jusqu'aux abîmes où le

crime lui-même germe ! O lumière, ajoutait-il encore, cesse, toi aussi, de nous éclairer de tes rayons; éteins-toi dans les horreurs d'une nuit dernière, si tu ne dois pas luire jusque dans les secrets de la tombe ! »

Cependant, il était de retour aux lieux d'où il était parti une première fois (ce n'était pas sans peine). Mais alors, le voilà faisant monter du sein de l'abîme une voix plaintive (en vérité il y avait de quoi). Bientôt une voix arrive jusqu'à lui, disant : « Que veut-il, celui qui beugle de la sorte? »

« Je veux sortir d'ici à tout prix, répliqua Renan, parce que je meurs de froid et de faim et d'horreur... — C'est bien, reprit la voix! mais êtes-vous *devs?* — Je l'ignore, répliqua Renan... — Hé! sortez, alors par l'autre extrémité, car ici on ne passe pas, à moins d'être reçu *devs,* lui dit la voix féroce. »

Et comme Renan lui raconta la vaine tentative qu'il avait faite, la voix d'en haut lui répartit : « Avez-vous eu le soin de dire que vous étiez baptisé, quand on vous a interrogé, comme c'est l'habitude chez les amschaspands? »

« Les amschaspands, dites-vous, répondit le débaptisé! J'ai dit tout le contraire. — Voilà pourquoi, ajouta l'autre, on vous a renvoyé sans doute à tous les diables, c'est-à-dire, chez nous... — Mais revenez-y, et changeant de langage (vous connaissez cela, vous qui avez changé d'habit, vous qui avez changé de foi), eh bien! dites aux amschaspands une chose toute simple; dites que vous acceptez le baptême... Ils vous ouvriront leur porte, soyez-en sûr; que dis-je? vous avez froid, ils vous réchaufferont; vous avez faim, ils vous feront manger et boire tant que vous voudrez... Allez... faites le cafard, léchez-leur même les pieds s'il le faut, et soyez sûr qu'ils ne vous refuseront rien.

» Et quand vous aurez été nourri, chauffé, blanchi, enfin tout, vous trouverez que ce séjour n'est pas celui de la lumière.... et vous direz : Maintenant que je vois clair, eh bien ! malheur aux amschaspands qui vivent dans les ténèbres et voudraient envelopper la terre d'une nuit profonde ! Que si les amschaspands vous appellent un ingrat, vous les appellerez maudits ! Allez donc.... que tardez-vous ? vous devriez être déjà à leur porte, disant : Je meurs de faim, baptisez-moi ! j'ai froid, baptisez-moi.... Je voudrais.... quoi de plus qui me manque.... et que vous avez, vous autres ; baptisez-moi.... je brûle du désir d'être baptisé ! »

Mais Renan ne répondait pas, et il ne bougeait pas. « Alors donc, reprit la voix d'en haut, vous voulez mourir ici, car voilà trois jours passés que vous êtes dans l'abîme.... il est même étonnant que vous ne soyez pas déjà mort. »

Le malheureux poussa un cri, en croyant qu'il était là depuis trois jours, sans lumière, sans pain, sans feu, sans avoir fermé l'œil ; et il se laissa tomber sur le sol, presque évanoui.

Dans ce moment suprême, une voix se fit entendre dans le souterrain, à ses côtés. « Qu'avez-vous sur votre poitrine et à l'endroit du cœur, lui disait cette voix ? ».... Et Renan ayant porté la main à son cœur, y rencontra un fer aigu, et il dit d'une faible voix : « Je crois reconnaître un poignard.... »

Et la voix continua, disant : « Qu'avez-vous sur la tête, suspendu par un cheveu à la voûte de cet abîme ? » Et portant la main sur sa tête, Renan répondit d'une voix mal assurée : « Je crois tenir dans ma main la pointe acérée d'un glaive. »

« Eh bien ! dit la voix de l'abîme, je suis le chef des amschaspands ; vous êtes venu nous insulter jusque chez

nous, naguère, pendant mon absence ; à mon arrivée, je
me suis empressé de vous suivre. Et maintenant, si vous
ne voulez pas le baptême des chrétiens, que nous avons
adopté depuis longtemps, et que plusieurs sont venus nous
demander après avoir été victimes des *devs*; eh bien! alors,
je vous le demande, que nous voulez-vous? Je sais que vous
n'êtes plus rien, ni turc, ni chinois, ni juif, ni anglican, ni
grec, ni romain, pas même *devs!* Voulez-vous être quelque
chose, et n'est-ce point pour redevenir chrétien que vous
êtes venu frapper chez nous? »

Le débaptisé répondit : «Je suis débaptisé, je veux rester
et mourir débaptisé.... Mais, répliqua l'autre, mon glaive
et mon poignard ne sont-ils pas là pour vous faire courber
la tête sous l'eau sainte du baptême? »

Et Renan murmura d'une voix à demi éteinte : « Je suis
en votre puissance, ô roi des amschaspands maudits, et vous
pouvez frapper, mais je mourrai sans baptême! »

A ces mots, une grande clarté illumina l'abîme, et l'abîme
entier retentit d'harmonie. Renan vit alors devant lui un
homme rouge et un homme noir.... L'homme rouge lui
présenta un petit flacon, en lui disant : « Bois, et que cette
liqueur te fortifie et te redonne ta vie tout entière avant de
recevoir le baptême des *devs* dont tu vas être digne après
l'épreuve des flammes merveilleuses. »

Renan tressaillit au sein de ses angoisses; puis, ayant
pris le flacon, il le vida d'un trait. A peine eut-il bu ainsi,
qu'il sentit la chaleur et la vie circuler dans ses veines....
C'est pourquoi il put se relever du sol où il s'était laissé
tomber en proie à des défaillances. L'homme rouge lui dit
alors : « Écoutez maintenant; que voyez-vous en ces lieux,
sinon les ténèbres changées en lumière, la mort changée
en vie et le silence des tombeaux, lui-même, changé en

harmonie? Eh bien! voilà l'image de ce qui doit se passer dans le monde, sous le soleil, partout. C'est assez, sans doute, ajouta l'homme rouge, vous révéler la mission des *devs;* c'est assez vous dire notre vocation sublime. Oui, voilà les devoirs que vous allez contracter par le baptême que nous vous donnerons en ce moment solennel; vous devrez au monde entier l'harmonie, la lumière et une vie abondante, ce que doivent les *devs.* »

C'est pourquoi *le rouge* demanda à Renan s'il s'engageait à remplir les obligations des *devs.* Renan lui répondit qu'il s'y engageait de cœur et d'âme, aux conditions qui lui avaient été déjà faites.

Cela ne suffit point, lui dit l'autre; chez les chrétiens on s'engage aussi de cœur et d'âme, et voyez ce que vous avez fait de vos serments! Ici on s'engage autrement; vous avez été éprouvé par l'eau, par le froid, par la faim, par la mort; il vous reste d'être éprouvé par le feu. On ne saurait être fort en ce monde, si l'on pouvait craindre les brasiers de l'enfer.

A peine celui-ci eut-il accepté l'épreuve du feu, que tout à coup un formidable brasier apparut rempli d'ardentes flammes, à environ vingt pas, dans la profondeur du tunnel, et l'homme rouge dit à Renan : « Quittez votre chaussure et vos habits, traversez ensuite ce brasier ardent et revenez vers nous, vous aurez le baptême.... »

Ayant, en effet, quitté ses vêtements et sa chaussure, comme il lui était ordonné, Renan s'élance à travers les flammes, et disparaît, emporté par un tourbillon de feu, à la distance d'environ cent mètres, d'où le foyer s'était présenté d'abord; puis le tourbillon revint sur lui-même, et alors on vit le débaptisé, le futur devs, rayonnant d'allégresse, à cause que cette dernière et suprême épreuve s'était passée au son de la musique (le tunnel, dans toutes ses profondeurs, s'étant rempli d'harmonie), et à cause que ce tourbillon de feu n'avait été qu'une nuée rafraîchissante et pure....

Or, tout ceci voulait dire : ayez bon courage contre les obstacles, et vous vaincrez, et votre victoire vous causera une joie suprême, c'est-à-dire cette joie pour laquelle tout homme venu en ce monde est fait.

Et alors eut lieu le spectacle suivant : Deux hommes noirs tenaient un homme blanc à peu près comme on tient les enfants des chrétiens au baptême; puis un homme rouge était là, disant aux hommes noirs : « Que voulez-vous faire de cet homme blanc ? » Les hommes noirs ayant répondu qu'ils voulaient en faire un devs, le personnage rouge leur dit : « C'est bien ! mais savez-vous comment se fait le baptême des devs ? — Par le sang de la bête qui monte des abîmes, dirent les autres. — Le caractère imprimé par ce sang est-il indélébile, poursuivit le premier ? Et ceux-ci lui ayant répondu qu'il était indélébile, que la foudre elle-même ne pouvait rien contre lui, Renan tressaillit croyant déjà ressentir les effets de ce sang précieux, et il s'écria :

« Que ce sang retombe bien tout sur ma tête ! »

Tressaillant de bonheur lui-même, en entendant ces sublimes paroles du futur devs, l'homme rouge élevait tout à coup, avec majesté, une petite urne en fonte au-dessus de la tête de Renan.... Puis les ténèbres se firent plus profondes que jamais, pendant qu'une voix faisait entendre ces paroles : « Toi qui es débaptisé du Père, du Fils et de l'Esprit, je te baptise du sang de la bête qui monte de l'abîme en lançant des blasphèmes et des malédictions contre les chrétiens....

A peine l'homme rouge eut-il prononcé ces paroles solennelles, que le tunnel s'illumina de clartés plus vives, et devint ruisselant d'harmonie. Le nouveau devs semblait être transfiguré dans un rayon de bonheur et de gloire, comme le Christ, un jour, sur le Thabor.

Et alors advient un nouveau personnage : il est vêtu d'une robe plus blanche que la neige; une écharpe d'or lui sert de ceinture, et il porte sur sa tête une couronne de roses blanches, aussi pures que son vêtement. En vérité, s'il n'avait pas la figure noire, on ne le prendrait pas pour un devs.... Quoi qu'il en soit, ce personnage s'avance vers le nouveau baptisé, portant sur un plat d'argent une clef d'or.

Arrivé en présence du bienheureux, il s'incline devant lui trois fois, et il lui parle en ces termes : « Salut, trois fois, sept fois salut, à mon cher frère ! Tu es venu chercher parmi nous la lumière, voici la clef d'or de la lumière...; c'est-à-dire qu'au moyen de ce passe-partout, les mystères du monde, tous contenus dans nos annales, te seront connus, puisque je te remets la clef de ces annales.

» Mais, afin que tu ne restes pas plus longtemps étranger à ces mystères, et afin que tes yeux soient ouverts, selon que nous te l'avons promis, je vais t'en dire en passant quelques mots.

» Ainsi donc, tu trouveras d'abord dans nos annales, dont nul ne pourrait douter sans renier le bon sens, tu y trouveras, dis-je, la preuve, par un seul grain de sable et quelques légers fœtus parfaitement conservés, que la matière est positivement éternelle, qu'elle n'a ni commencement ni fin, c'est-à-dire que la matière est Dieu, ou mieux encore, que tout est Dieu. Tu trouveras aussi que la tour de Byblos a été établie, il y a trois cent mille ans, sur les ruines de l'ancienne tour, dont nul ne connaissait l'origine, et qui probablement n'avait jamais commencé.

» Que si tu n'étais pas suffisamment fixé par les annales soumises à tes investigations sur l'origine de Byblos, du moins tu resteras convaincu d'une chose, savoir : que cette tour a été fondée pour la fabrication des dieux de l'univers entier. Tous les dieux des nations, tous, ont été fabriqués chez nous, selon que tu le verras bien si tu cherches, excepté le Dieu de Moïse, dont nous n'avons pas le moule.

» Mais aussi, qu'est-ce que Moïse? C'est à son occasion que tu verras, pour ainsi dire, l'origine de nos luttes, continuées sous les prophètes, et ensuite sous le Christ et les apôtres, jusqu'à nos jours.... De quelle ingratitude, hélas! nous avons été payés par nos anciens élèves! Car, ce à quoi tu ne t'attendais point, c'est que tous les ennemis que nous avons eus, ont été nos élèves. Oui, après qu'ils ont été élevés, nourris, éclairés et blanchis par nous, après que nous les avons eu initiés à nos mystères, ces mêmes hommes, c'est-à-dire Moïse et les prophètes, le Christ et les apôtres, eh bien! ils nous ont quittés pour se faire nos ennemis, pour ruiner nos forges de Byblos, pour nous mettre sans travail et sans pain, en décriant partout nos dieux....

» Et vous seriez étonné de la fureur des devs contre des misérables de cette sorte, quand on pense qu'ils ont triomphé de nous? Et comment ont-ils triomphé? Moïse, avec un serpent de cuivre et une baguette! Les prophètes, avec des harpes, des lyres et des chansons mouillées de larmes! Le Christ, en souriant aux petits enfants, en faisant quelque aumône aux pauvres, et quelques tours de passe-passe à tous les niais qu'il rencontrait! Les apôtres, en chantant quelques chansons de leurs prédécesseurs, et en faisant comme eux quelques grimaces plus ou moins heureuses! »

Voilà véritablement tous nos ennemis, déjà connus de vous en deux mots.

En vérité, ajouta le porte-clef, si nos anciens élèves n'ont pas été des fous, il faut convenir que les hommes sont fous depuis longtemps... Du reste, nos annales vous édifieront sur tout cela bien mieux que vous ne sauriez croire. C'est pourquoi je suis heureux de vous remettre en ce moment la clef d'or, c'est-à-dire la clef de la lumière dont vous avez été fait digne par le sang de la bête.

Ayant dit ainsi, le porte-clef passa un cordon de soie rouge au cou de Renan, et comme la clef d'or se trouvait attachée au bout de ce cordon, on put voir sur la poitrine du nouveau devs une belle clef, de la même manière que nous voyons une croix sur la poitrine d'un évêque.

L'homme rouge alors s'inclina devant Renan, et il lui parla en ces termes : « Vous avez la lumière, mais que feriez-vous de la lumière sans la puissance et la haine ? Pour frapper au cœur toutes les ténèbres dont la terre est couverte, que faut-il, si ce n'est la foudre, afin de faire voir les aveugles et entendre les sourds ? Et pour bien lancer le tonnerre contre les insensés et les coupables, que faut-il, sinon haïr de la haine des enfers tous ceux qu'on veut atteindre ? »

Renan répondit tout à coup : « Je veux la puissance et la haine ! — Vous les aurez, reprit le devs rouge, et c'est alors que vous serez un devs accompli. »

Au même instant, des ténèbres plus profondes se firent, et le rouge dit à Renan : « Bois à longs traits dans cette coupe ? » Celui-ci, ayant saisi la coupe dans ses mains, dévora plutôt qu'il ne but tout le contenu. C'était le sang qui avait déjà servi pour son baptême, et dont on n'avait pas laissé perdre une seule goutte.

« Maintenant, lui dit l'homme en reprenant la coupe, votre alliance avec la bête est consommée ; c'est pourquoi vous avez la puissance et la haine dont vous allez vous servir à l'instant. »

Or, comme une clarté blanche et pâle se fit tout à coup, le nouveau devs aperçut à côté de lui, suspendue par un lien à la voûte du tunnel, la fameuse fourrure dont un éclair l'avait si maltraité un jour ; et il vit un petit louveteau qu'un homme tenait, tout près de là, au moyen d'un cordon.

L'homme rouge lui dit alors : « Ceux qui ne sont plus contre nous sont pour nous; c'est-à dire la vertu de la bête, qui vous était contraire, est pour vous maintenant : Commandez, vous serez obéi.

» Et, afin que vous sachiez votre puissance contre nos ennemis, ajouta-t-il, voilà un petit louveteau que nous avons baptisé chrétiennement, et qui se trouve soumis à votre pouvoir par son baptême : Commandez donc à la bête des abîmes, c'est-à-dire à ses foudres de frapper, et vous saurez ce qu'est un devs quand il a bu le sang ! »

Renan commanda en effet à la foudre de frapper, et le louveteau roula dans la poussière. Il ne fallut rien moins qu'une belle tranche de mouton pour le rappeler à la vie.

Voilà donc le but où tendent nos efforts, ajouta le devs rouge, c'est-à-dire à la destruction du baptême ; et maintenant écoute-moi, et que ta réponse soit claire et nette : « Un jour nous aurons la victoire, ce sera quand tous les baptisés, comme le louveteau, seront bien à notre portée. Mais, en vérité, s'ils étaient tous à ta portée en ce moment, que ferais-tu ? Lancerais-tu la foudre à des millions d'imbéciles, et à des millions de coupables, de manière à les écraser tous, pour faire luire au monde la lumière ? »

« Je le ferais, dit Renan. »

« Et si, lorsqu'ils seraient tombés sous les coups du tonnerre, il fallait pour les relever une seule goutte du sang qui a coulé sur ta tête et dont tu as bu à longs traits, donnerais-tu, poursuivit le devs rouge, une goutte de ce sang sacré ? »

« Je n'en donnerais pas une goutte, dit encore Renan. »

Le rouge tressaillit à ces mots sublimes pour l'enfer ; et il donna le baiser de Satan au nouveau devs, ce baiser qui ne s'efface ni dans ce monde ni dans l'autre. Et il ajouta : « Va, mon digne frère, et si les baptisés chrétiens refusent de marcher à ta lumière, puissent-ils se trouver à la portée du *foudrier* allumé par tes fureurs bien dignes de l'enfer, et que moi Satan je partage, comme étant le père de la haine.

Les ténèbres les plus épaisses régnèrent à ces mots, et c'était l'heure du miracle que Renan d'ailleurs n'avait point perdu un seul instant de vue. Une voix alors se fit entendre, disant : « Les devs sont grands, les devs ont la lumière, et ils ont la force et ils ont la haine. » Et la voix ajouta : « Un jour, il y a cent mille ans à peine, un homme vint frapper à la porte de la tour....

» C'était Noé, en vérité, qui venait nous voir ; mais écoutez le reste : « Je viens, dit-il à notre maître, pour vous
» commander trois pyramides, d'au moins cent cinquante
» mètres de haut.... Il fait si mauvais temps depuis quelques
» années, que j'ai la tête cassée comme par le bruit sourd
» des vagues qui montent ; c'est-à-dire que je crois à un
» déluge universel. Je voudrais donc, ajouta-t-il, me sauver sur une pyramide avec ma famille, tandis que mes
» amis se hisseraient comme ils pourraient sur l'autre ; la
» troisième serait destinée aux bêtes.... »

» En disant cela, Noé ouvrait un portefeuille qui indiquait

assez ses ressources; c'est pourquoi notre digne bourgeois lui dit : « Je suis à vos ordres. » Et ils passèrent un traité que vous trouverez dans nos annales, si les rats ne l'ont pas mangé.

» Un an après, le moule des pyramides de Gizeb était fini : trois mois après, les pyramides étaient coulées; trois mois après encore, elles étaient en place, juste au moment où les eaux commencèrent à lécher les pieds du saint patriarche.

» Que veut dire ceci, dit alors la voix? Ceci veut dire que le tunnel dans lequel vous vous êtes promené si peu agréablement tout à l'heure, ce tunnel dans lequel vous avez été reçu devs, et dans lequel vous êtes en ce moment, n'est autre chose que le moule des pyramides de Gizeb, que nous avons fait le témoin de nos mystères. »

« Pour le coup, dit Renan, si vous me faites voir ce moule, je croirai que mes yeux se sont reposés sur un miracle, et je dirai que véritablement mes vœux sont satisfaits ! »

Or, voici le spectacle qui s'offre à nous en ce moment : Le tunnel est rempli d'harmonie et de lumière, et une inscription en caractères pour ainsi dire géants se présente aux yeux du nouveau devs.

Cette inscription, gravée sur les parois du tunnel, disait formellement : Je suis le moule des pyramides de Gizeb, et il y a déjà cent mille ans que je supporte les flots de l'Adonis, cent mille ans que je suis témoin des mystères des devs.

A ces mots, tombant à genoux : « Devs! s'écrie-t-il, par qui mes yeux ont vu tant de choses sublimes, merveilleuses, devs! par qui je suis heureux enfin, ayant vu, entendu et touché un miracle, je me consacre à vous sans retour, et je fais vœu de ne servir que vous, sous les auspices de la lumière, de la puisance et de la haine dont j'hérite en ce grand jour, au sein de la miraculeuse canule des pyramides de Gizeb ! »

Et tout à coup, il fut si transporté de joie à l'aspect de ce miracle, que ne sachant comment exprimer ses émotions profondes, il se releva de terre et se mit à danser au son de l'harmonie dont le tunnel était inondé....

Il continuait encore une heure après une danse échevelée, lorsque le silence se fit, et qu'il était temps de quitter ces lieux

QUATRIÈME PARTIE

ROME

Où nous voyons Renan offrir une couronne,
Puis un sceptre royal à Jésus, puis un trône,
En lui disant : « Enfin le siècle ouvre les yeux ;
Sois roi.... mais à ce prix, descends du rang des dieux. »

Deux années se sont écoulées depuis que Renan s'est fait devs, depuis qu'il a reçu la clef d'or, et depuis qu'il a dansé dans le moule des pyramides de Gizeb.

Cependant, le nouveau devs n'a pas quitté Byblos ; il a voulu se repaître de toutes les annales conservées dans la célèbre tour, établie, il y a trois cent mille ans, sur les ruines de l'ancien édifice dont l'origine se perd dans l'éternité *devsérienne*.

En vérité, il avait appris bien des choses étonnantes que nous regrettons de passer ici sous silence ; mais ce qu'il nous importe de dire, c'est qu'il avait positivement trouvé dans certains paragraphes des annales susdites, la preuve que tout est Dieu, excepté Dieu lui-même, et que les forges de Byblos, conséquence nécessaire de ce principe, étaient nécessaires au monde.

Il trouve donc en même temps, pour ainsi dire, l'obstacle au rétablissement des forges en question..... C'était tout naturellement Jésus, le grand défaiseur des dieux qui ont des oreilles et n'entendent pas, des yeux et ne voient pas ; enfin le défaiseur *des dieux matière*.

Néanmoins, comme Jésus avait, aux yeux de Renan, les qualités d'un honnête homme, il ne doutait pas que si on lui disait *le dernier mot*, il ne consentît à laisser travailler les ouvriers de Byblos; et comme il pensait, en vérité, qu'il valait mieux s'adresser à lui qu'aux *non possumus*, il lui était déjà venu en pensée d'aller à Rome traiter avec Jésus des intérêts des devs. (Il avait l'intention d'emmener sa sœur avec lui.)

Mais l'homme propose, et Dieu dispose.... Tout à coup, en effet, un cri retentit dans Byblos, *comme un coup de tonnerre : Clorinde se meurt! Clorinde est morte!* A ce cri, les devs sont en émoi, car il ne faut point que la sœur de l'un d'eux meure chrétienne, à la porte des devs.

Or, comme elle n'était pas tout à fait morte encore, en dépit de la rumeur publique, un conseil se tenait à la tour, à cause que la bonne Clorinde voulait *absolument* se confesser avant de mourir : ce que sachant les devs, il fut décidé, à l'unanimité, que l'un d'eux, déguisé en moine, irait la confesser pour gagner une belle âme de plus à tous les diables. Que ne peuvent les devs !

Un moine–devs arrive, en effet, bientôt dans l'appartement de l'agonisante. Il s'approche doucement de la couche funèbre.... Il présente son oreille à la voix qui lui dira : Mon père ! Lui-même, il disait déjà d'une voix mielleuse : Ma sœur !.... Point de voix qui lui parle, qui même lui réponde.... Il voit une main qui semble errer encore sur la couche.... Il approche sa main de cette main.... il la trouve glacée.... Horreur ! Clorinde est morte, cette fois ! Ne demandez donc pas au devs les péchés de la défunte, il ne les connaît pas, et d'ailleurs son ministère sacré ne lui permettrait pas de vous le dire.

Le devs-moine rentra dans la tour, où il ne put pas

consigner s'il avait gagné une âme de plus à sa cause, mais il consigna le fait tel que je viens de le dire ; à la suite de la délibération précédente, déjà inscrite, avec le plus grand soin, dans les annales de la tour.

Renan pleura inconsolable, pendant six mois, sur une tombe, ne trouvant quelque adoucissement à ses peines, qu'au milieu des immortelles annales, dans lesquelles se trouvait un peu de tout, même que sa sœur était un ange dans le ciel ; et alors il se proposait de partir bientôt pour Rome.

Mais un malheur n'arrive pas sans l'autre. Au moment, en effet, de partir pour la ville éternelle, et d'aller dire enfin au Christ son dernier mot, Renan apprit que sa mère, en France, était aux portes du tombeau.... Que faire ?.... Pouvez-vous le demander ?.... Sans doute il avait à Byblos l'œil sur une tombe bien chère, et sur une tour bien digne de mémoire.... Sans doute encore il regardait avec impatience du côté de la ville immortelle, du côté de Rome ; mais il partit de Byblos, en regardant la France, et peut-être la tombe de sa mère....

O douleur ! en effet ! malgré la rapidité de son voyage, il arrive sur un tombeau.... Sur cette terre fraîche qui lui cache une mère depuis hier, entendra-t-il une voix qui lui réclame un baptême, une croix du souvenir, une soutane.... une âme ? Quelle absurdité ! Il donna donc de justes larmes à sa mère, puis s'en alla loin des cyprès funèbres, et ce fut tout. Bientôt, ayant parlé de ses talents historiques dans Paris, il entendit une voix qui l'appelait à une chaire de professeur d'histoire. (Il ne fut pas sourd.) Comme il fut heureux de révéler à la France les secrets renfermés dans les annales de Byblos!... Mais, hélas! la France n'était pas mûre pour recevoir encore la doctrine des devs!.... Il n'y a rien d'étonnant à cela, quand on pense aux épreuves par lesquelles Renan lui-même a dû passer avant de recevoir, en pleine poitrine, la célèbre clef d'or.

Néanmoins, l'illustre professeur d'histoire fut si indigné de son insuccès, qu'il fit le projet de donner suite, le plus tôt possible, à ses premiers desseins. Plus que jamais, en effet, il voyait dans Jésus, ou, pour mieux dire, dans les siens, un obstacle à la véritable lumière, pensant bien que c'était là la cause, aujourd'hui même, de ses insuccès, comme toujours.

C'est pourquoi, à peine descendu de sa chaire d'histoire, c'est lui que nous voyons sur le chemin de la ville éternelle.... c'est lui que nous voyons déjà aux portes de Rome, n'ayant pas l'air de bonne humeur du tout.

Il n'entre pas d'abord dans la cité. Il est là, à ses portes, méditant, attentif et grave. — Pourquoi ce recueillement profond? — C'est qu'en vertu du sang de la bête, il peut évoquer tous les ennemis de Jésus, et voilà ce qu'il fait en ce moment : il évoque ses frères, c'est-à-dire, il réunit ses forces pour une victoire certaine contre l'ennemi des devs.

Quels sont ceux, déjà, qui montent de l'Orient et de l'Occident comme des nuées, et qui s'empressent à la voix qui les appelle? — Ce sont les hérésiarques, tous ceux qui ont nié la divinité du Christ; il y a là des vandales, des ariens, des vaudois, des sociniens... Chacune des nuées a son chef.... et ces chefs, les premiers, se présentent au devs, en lui disant : « Tu nous appelles pour dépouiller le Christ de sa divinité, et te venger des amschaspands qui t'en ont fait *une*, mais la poire est-elle mûre enfin? »

« La poire est mûre, » dit Renan... A ces mots, toutes les nuées et leurs chefs tressaillent d'allégresse.

Et ce fut le tour des philosophes qui ont fait la guerre au Christ, depuis Julien l'Apostat jusqu'à Voltaire, et jusqu'au dernier qui blasphémait hier, en partant de ce monde..... Il y a là aussi d'innombrables nuées, et des capitaines des nuées..... et ceux-ci se présentent à l'évocateur, et lui disent : « Tu nous a appelés pour t'aider à recueillir au dix-neuvième siècle ce que nous avons semé dans les siècles précédents ; c'est bon.... Mais est-ce l'heure enfin de la victoire si longtemps attendue contre les amschaspands et leur Seigneur ? »

Et le devs répondit : « C'est l'heure de la victoire !... » Et comme les premières nuées et leurs chefs avaient tressailli, celles-ci et leurs capitaines tressaillirent de même.

On vit alors accourir de toutes les parties du monde, les philosophes du jour, tous les héritiers de la haine et du blasphème des temps passés contre Jésus. Et il y avait là aussi des cohortes nombreuses et des chefs, et les chefs dirent à Renan : « Vous nous appelez ; mais ne craignez-vous pas du tumulte parmi le peuple ? ne craignez-vous pas que le scandale ne retombe sur nous, et que nous ne soyons victimes de nos desseins ? »

« Eh quoi ! répondit le devs, vous craindriez quelques trois cents papes, quelques millions de martyrs, si vous voulez ; puis, çà et là, quelques amschaspands timides ! quoi plus ?... et des nuées d'indifférents ? Je vous le dis, c'est l'heure de frapper le coup, d'autant que la nuit approche... les défenseurs du Christ eux-mêmes ne nous verront pas dans l'ombre, à l'heure où nous allons nous rendre à la célèbre basilique de saint Pierre, pour dire le dernier mot de notre siècle à celui dont les autels doivent tomber. »

Il dit, et ces dernières nuées comme les premières et les secondes tressaillirent, pensant que c'était l'heure du triomphe... Et Renan dit alors aux capitaines des nuées et des cohortes : « Pour être forts, il faut être unis... pour être unis, il faut un chef... Quel sera ce chef? » Et élevant la voix de manière à être parfaitement entendu de tous : « Quel est celui de vous, dit-il, qui a foulé aux pieds la croix du souvenir le plus sacré, la croix qu'une mère lui remit au jour de sa première communion? quel est celui qui a craché trois fois sur ce souvenir avant de le fouler aux pieds? »

Et nul ne répondit : J'ai fait une pareille chose. Et Renan dit : « Ce que nul de vous n'a fait, je l'ai fait moi-même... et je m'en flatte. »

Et il continua, disant : « Quel est celui de vous qui ayant été baptisé du Père, du Fils et du Saint-Esprit, a été débaptisé par l'eau de feu? » Et comme nul ne répondait, il ajouta : « Eh bien ! ce que nul de vous n'a été, je l'ai été, moi, et je m'en flatte. »

Les nuées étaient attentives.

« Quel est celui de vous, poursuivit-il alors, qui a été baptisé du sang de la bête montant des abîmes avec des malédictions et des blasphèmes contre le Seigneur et son Christ et contre les amschaspands? Quel est celui qui ayant été baptisé de la sorte, a bu du sang de la bête et a senti la haine le faire tressaillir du tressaillement de l'enfer? »

Les nuées et leurs chefs se taisaient toujours, et le devs ajouta : « J'ai été baptisé de ce sang, et j'en ai bu en abondance. »

Et il dit : « Il n'y a donc point de devs parmi vous, mes frères? « S'adressant alors à Arius, qu'il distingue parmi les capitaines hérésiarques : « Qu'es-tu, toi, enfin, lui dit-il, puisque tu n'es pas devs? — Je suis un ennemi de Rome et de son Christ, voilà ce que je suis, dit Arius... j'ai des raisons pour cela ; je n'oublierai jamais les infernales coliques dont je suis mort... Du reste, tu peux compter sur moi... »

Et comme le devs distingua ensuite Voltaire : « Qu'es-tu, toi, dit-il à celui-ci, puisque tu n'es pas devs ? »

— « Certes, lui objecta Voltaire, je serais fâché d'avoir sur ma conscience tout ce que les devs ont sur la leur... j'ai communié, il est vrai, sans croire aux sacrements, et je suis franc-maçon ; mais voilà tout ce que j'ai à me reprocher, avec quelques malices de plus... et, par exemple, un souf-flet à mon confesseur... Du reste, tu peux compter sur un philosophe, fils d'Iram ou de je ne sais qui, mais fidèle au cri de ralliement contre l'*infâme.* »

Ici le devs distingua plusieurs chefs ensemble, parmi les philosophes du jour, et il leur dit à tous : « Vous n'êtes pas devs... dites-moi ce que vous êtes, afin que je sache à quoi m'en tenir sur votre compte, bien que je sois déjà un peu fixé... »

Et certains lui répondirent : « Nous sommes des *spi-rites....* Croyez que les spirites sont vos frères... » D'autres lui dirent : « Ne connaissez-vous pas des rédacteurs pari-siens et de partout un peu ?... Comptez sur nous.... Si nous ne sommes pas devs, c'est que nous n'avons pas eu occasion d'aller à Byblos encore ; mais nous n'y renonçons pas, si nous avions le malheur d'échouer aujourd'hui dans notre entreprise. »

Lorsqu'il eut interrogé les chefs de la sorte, en présence des nuées, le devs, élevant la voix : « Et maintenant, dit-il, puisqu'il nous faut un chef, quel sera notre chef à tous, c'est-à-dire, celui qui, à la tête des chefs eux-mêmes, de toutes les nuées, ouvrira la marche des colonnes vers Saint-Pierre, et sera chargé de faire entendre à l'anti-devs la volonté des siècles et des générations ? »

Et Voltaire lui répondit : « Peux-tu demander, monsieur le devs, quel sera ce chef?... Parbleu, c'est toi, tu t'es assez nommé par le récit de tes exploits, heureusement fort rares pour l'espèce humaine. »

Et les chefs dirent aussi : « Peut-il le demander? » C'est pourquoi, à l'unanimité, l'ex-lévite fut nommé le représentant de la grande et profonde pensée anti-chrétienne qui consiste à faire devs tous les habitants du globe, c'est-à-dire, à les débaptiser avec l'eau de feu, à les rebaptiser avec le sang de la bête.... à leur faire boire du sang de la haine, afin que d'un bout à l'autre de cet univers, un grand cri se fasse entendre, montant de toutes les poitrines : « Maudit ! Et qui? — Le Dieu de Rome ! » Et ce serait ainsi le grand blasphème de la bête montant de la terre au ciel, nuit et jour, pour le plaisir des devs !

Or, maintenant qu'elles ont un chef, les colonnes s'ébranlent dans l'ombre de la nuit, et bientôt elles envahissent l'immortelle basilique. Chacun ayant pris place et rang comme il peut, Renan en tête, tous les regards se tournent vers l'autel où l'ex-lévite doit prendre la parole et dire au Christ le dernier mot.

Jésus est là, et il est seul.... Il prie son Père.... il le prie justement afin que les devs apaisent leur haine contre les amschaspands. Cependant, à l'aspect de toutes ces nuées, il devient attentif à ce qui se passe.... et le devs lui-même ne peut pas s'empêcher d'être saisi du regard d'ineffable douceur qu'il promène sur les nuées ennemies ! Il semble, dirai-je, les bénir pour les ramener à bien.... comme un père bénit encore des enfants ingrats.

Renan crut même entendre ces paroles : « Mes amis, et toi surtout, mon ancien abbé, qu'êtes-vous venu faire, sinon vous convertir? » — « En vérité, dit Renan, cet homme est digne d'un trône!» Arius répondit au devs que ces paroles n'étaient pas nouvelles; que lui, Arius, les avait dites avant lui.... Cet incident vidé, Renan reprit alors, mais un peu intimidé d'abord (ce à quoi il ne s'attendait point, se croyant impassible, puisqu'il était devs) :

« O Christ Jésus, dit–il, tous ceux qui sont ici présents te saluent, et, au nom des siècles et des générations, ils déposent humblement à tes pieds une couronne royale : ils te remettent aussi un sceptre d'or, et ils tiennent à ta disposition un trône.... »

Et les nuées et les chefs des nuées s'écrièrent: Bravo! « Vous entendez ce bravo, ô Jésus, poursuivit l'ex-lévite charmé; mais écoutez le reste de ma harangue : « Il faut (écoutez bien ceci), il faut que vous rendiez au monde ce que vous avez usurpé, ou ce que d'autres ont usurpé pour vous, c'est–à–dire, les autels consacrés à votre divinité. Entendez-vous bien.... il le faut ainsi; c'est la volonté expresse de notre siècle : soyez homme et vous avez assez de gloire! »

A ces mots, et du fond des nuées, une voix se fit entendre, disant : «Si la vie et la mort de Socrate sont d'un sage, la vie et la mort de Jésus sont d'un Dieu! »

Comment Rousseau, le citoyen de Genève, se trouvait-il là, me direz-vous? Rousseau avait eu vent du projet des philosophes.... et comme il les savait capables d'aller dire et faire même des bêtises à Rome, il s'y était rendu incognito pour se rire d'eux, s'ils lui en donnaient l'occasion (ce dont il était sûr d'avance).

Alors aussi une autre voix se fait entendre, imposante et solennelle : «Je connais les hommes, dit cette voix.... celui qui est devant vous sur cet autel n'est pas un homme. »

Comment Napoléon, me direz-vous encore, se trouvait-il là, à propos, pour dire ces paroles mémorables ? Indépendamment, vous dirai-je, que Napoléon a des parents à Rome, un évêque même, et qu'il pouvait bien être allé voir dans l'église s'il y trouvait son évêque en prières, Napoléon, d'ailleurs, a le droit de se trouver partout où il y a de grandes choses à dire comme de grandes choses à faire.... Enfin, il était là.... »

Les nuées et leurs chefs, et même le devs, n'entendirent point ces dernières paroles sans frissonner.... Néanmoins, Renan allait ajouter quelques mots, sans doute, quand tout à coup une cloche sonne.... Est-ce l'*Angelus* du soir ? Non, c'est Rousseau qui sonne le tocsin pour faire venir du monde au secours de Jésus.... ou plutôt afin de voir la mine des philosophes pris en flagrant délit de vol d'une chose sainte, jusque dans le lieu saint. Voltaire, qui a reconnu là son Rousseau, s'écrie : « Si j'avais pu m'attendre à une pareille bêtise de la part de ce fou, j'aurais coupé la corde de la cloche avec les dents.... »

Et, en effet, arrivent des amschaspands de tous les côtés, pour voir ce qui se passe dans l'immortelle basilique. A peine sont-ils fixés sur la question, qu'ils s'empressent de vouloir répondre au devs, à Renan, à l'ex-lévite.... Mais Jésus les fait taire, et de même qu'il avait fait remettre autrefois à ses apôtres, qui voulaient le défendre, leur épée dans le fourreau, il fait remettre aux amschaspands leur langue dans leur bouche.

Les amschaspands obéirent. Seulement, Bossuet ne put contenir son indignation contre le devs, et, malgré la défense du Christ, il jeta ces paroles : «Échappé du séminaire avec un morceau de soutane sur le dos ! » Le Christ aurait fait presque des reproches à Bossuet de ces expressions–là, si l'Aigle de Meaux n'avait pas été autorisé à dire ce que d'autres ne pourraient pas dire impunément.

Et alors, au milieu d'un profond silence, mais au sein d'une émotion qui tient toutes les poitrines haletantes, le Christ prend la parole en ces termes : « Dans ce temps–là, dit–il, il y avait une lime dans la boutique d'un forgeron. Une vipère étant entrée dans la boutique, et voyant la lime, se mit à la ronger, dans la pensée qu'elle était molle sans doute comme de la cire.

» Or, non–seulement la vipère ne put rien obtenir pour sa nourriture de ce morceau trop dur, mais encore, la vilaine bête y ensanglanta tellement sa bouche, qu'elle en creva.

» La morale de ceci vous regarde un peu, ajouta le Christ, c'est pourquoi je vous laisse le soin de conclure...»

Julien l'Apostat, puis Voltaire et le devs se mordirent les lèvres jusqu'au sang.... ! Quant aux nuées, elles se tenaient dans un étonnement mêlé de respect, malgré elles.... lorsqu'un éclat de rire, dans toutes les formes, partit du sein de l'assemblée.... C'était ce coquin de Rousseau qui riait de la mine des philosophes, en présence de la réponse de Jésus.

Cependant le devs, élevant la voix : « Nous sommes des vipères ! dit–il à Jésus.... Eh bien ! vous serez le maudit, et nous vous piquerons bien mieux qu'avec les dents.... nous vous piquerons avec la plume....

Mais alors on entendit encore la voix du grand homme, disant : « Si vous aviez vécu sous mon règne, j'aurais brisé toutes vos plumes chaque fois que vous, monsieur le devs et tous les vôtres, vous auriez jeté au Christ, à la face de ses millions de catholiques, ce blasphème : Jésus n'est pas un Dieu. »

CINQUIÈME PARTIE

EN BRETAGNE

Où Renan voit, hélas! brûler son pieux livre,
Où même il entendra les anges d'un couvent
S'écrier à l'envi : « Que le feu nous délivre
» Du Jésus de Renan! »

Les ennemis de Jésus venaient de disparaître. Un silence
solennel régnait dans les profondeurs de l'immense basilique, et le grand manteau des ombres semblait ajouter à la
majesté du Dieu qui l'habite.

Au sein de ce silence profond et de ces imposantes ombres, on eût dit cependant comme le murmure de la brise
qui passe légère pour purifier l'enceinte sacrée.... et puis
comme le murmure de la prière.,..

Tandis que ses ennemis allaient travailler à sa perte,
Jésus, en vérité, priait, non plus pour lui, mais pour les
siens ; et voilà pourquoi les siens ne seront pas livrés à la
fureur de leurs ennemis, et voilà pourquoi ses ennemis,
au contraire, seront couverts de confusion.

Ainsi Jésus prie, tandis que Renan est à l'œuvre, appuyé
par tous les souvenirs de Byblos, aidé surtout par le sang
de la haine.... Que veut–il? Il veut, à tout prix, que Jésus
ne soit qu'un homme ; il veut, à tout prix, qu'il n'ait point
d'autel, qu'il n'ait point, par conséquent, de prêtres, sous
peine, pour tous les catholiques, de se rendre ridicules et
niais....

Or, que fait Renan pour atteindre son but? Il a lu les annales de Byblos; il les sait à jamais par cœur.... et elles disent : « Instruisez-vous, vous tous qui voulez savoir la vérité : Jésus a souri aux petits enfants; il a fait quelque aumône aux malheureux; il a même conseillé de ne point donner des coups de pied dans les jambes à ses frères et sœurs, ni à ses père et mère, ni à personne; mais ses miracles ne sont que des tours d'adresse, et ceux qui accouraient pour voir étaient comme les dieux fabriqués à Byblos. »

Et c'est ainsi que Renan a retiré de l'ombre où ils étaient ensevelis quelques paragraphes des célèbres annales de la tour, puis en a fait un livre d'après les devs, disons d'après la haine de la bête qui monte des abîmes, vomissant des imprécations et des blasphèmes contre Jésus.

Le monde a regardé le Christ de Renan conçu d'après le modèle, et il s'est dit d'abord : « Qui aurait cru cela, en vérité, que le fils de Marie ne fût qu'un homme et un trompeur.... et qu'ainsi, pendant dix-neuf siècles, les hommes, pour n'avoir pas lu les annales de Byblos, se trouvent être un tas d'imbéciles?

Or, les devs et tous leurs amis triomphèrent à l'aspect de cette surprise, et presque de cette émotion générale.... Mais, nous l'avons dit, Jésus priait.... C'est pourquoi, revenant de son premier étonnement, le monde s'est demandé enfin d'où venait ce livre.... et sachant qu'il sortait de Byblos, on a eu, en quelque sorte, horreur de l'avoir touché. C'est pourquoi on l'a jeté au feu, et on s'est lavé les mains ensuite.

En vérité, il n'en fallait pas davantage pour la ruine de ce livre que de connaître son origine, c'est-à-dire qu'il était fils des annales de la tour du diable et du sang de la bête.

Ah! vous croyez, messieurs de la tour diabolique, vous croyez qu'on ne saurait point vous dépister? Allez! nous connaissons votre alliance avec *celle* qui monte des abîmes!... nous savons que son sang a coulé sur vos fronts et nous n'ignorons point que vous avez bu de ce sang en abondance!

Aussi, vos succès sont passés maintenant, et n'était que vous pouvez rire entre vous de vos folles tentatives et du résultat pécuniaire de vos blasphèmes, vous ne faites plus rien dans le monde.... Si, vous pouvez dire à vos frères les devs que vous faites horreur à quelques centaines de millions de catholiques!

Et, en effet, que se passe-t-il aujourd'hui, après ce grand bruit de trompettes sonores qui chantaient la victoire des devs contre Jésus?

A Narbonne, ne s'est-on pas dit : « Renan a défiguré Jésus, défigurons Renan? » Et n'aurait-on pas fracassé, pulvérisé son plâtre, si on n'avait voulu laisser lire l'expression de l'opinion publique dans le mot de *renard* substitué à celui de Renan, déjà gravé sur le buste mutilé? »

Et moi je dis aux habitants de Narbonne : « Substituez au mot *renard* celui de *devs*, c'est-à-dire le nom d'un débaptisé du Père, du Fils et du Saint-Esprit; le nom d'un baptisé du sang de la haine contre Jésus.... Oui, que le nom de *devs* remplace le nom de *renard*.... Jamais un renard n'aurait écrit de pareilles choses contre Jésus.... Il n'y a qu'un devs qui soit capable d'écrire de pareilles choses : c'est pourquoi ce dernier nom est le seul qui convienne à l'auteur célèbre de la *Vie de Jésus*.

Un homme fort respectable disait naguère : « Moi qui ai vu *ça* au séminaire manger le pain du bon Dieu!... »

Un autre disait : « Il était libre de penser et de croire;

6

mais pour avoir jeté *son blasphème* à la face de millions
de catholiques dont la terre est couverte, il mériterait le
fouet pour toute réponse.... »

Un autre disait encore : « Jean a été mordu par son
chien, auquel il donnait du pain chaque jour. Le Christ a
été mordu par Renan, dont l'Église avait pris soin. »

Il est certain, en vérité, que l'opinion publique est contre l'auteur de la *Vie de Jésus*. Nul n'ignore les auto-da-fé
nombreux dont son livre est devenu partout le sujet ; mais
ce que plusieurs ne savent peut-être pas, c'est une anecdote qui s'est passée en Bretagne, et qui me paraît digne
d'être connue parmi des milliers d'autres que nous pour-
rions citer.

Renan avait le son des trompettes pour annoncer au
monde l'apparition du produit de Byblos, importé en France
par ses soins ; mais en qualité d'ancien séminariste, il
n'ignorait point qu'une certaine partie des chrétiens n'en-
tendaient pas le bruit de ses trompettes sonores, « et cependant, disait-il, il est bon que cette partie sache que Jésus
est au ban des devs.... »

C'est pourquoi d'innombrables ballots partirent pour la
province, confiés à des hommes instruits déjà sur le but
de l'auteur. Il était d'autant plus facile d'infiltrer des exemplaires, c'est-à-dire le poison, dans les couvents d'hommes,
et surtout de femmes, que le livre a pour titre : *la Vie de
Jésus....* vie de contrebande, sans doute ; mais enfin, pour
le savoir, il fallait y mettre le nez.

Or, voilà la cause de tant de bûchers dressés dans toute
la France, au sujet du livre de Renan....

Ses amis et lui se sont plaints de cela ; mais, je vous le
demande, que voulez-vous que des religieux et des religieuses fassent de ce livre, acheté de confiance, et qui a du

poison à faire tomber raide, au prix de quelques gouttes
seulement?

On le brûlait donc, en dépit des partisans du *devsisme* qui
s'écriaient : « On brûle Renan!... voyez la haine des catholiques!... » Si ces journaux avaient été justes (car que
ne peut point tout ce qui touche aux devs), eh bien! ils
auraient dit : « On brûle du poison! et les catholiques font
bien de le brûler! »

Mais arrivons à notre anecdote qui s'est passée en Bretagne et qui fait l'intitulé de cette partie de mon sujet.
Renan était allé naguère à Saint-Malo voir un de ses cou-
sins, et aussi pour se frotter un peu aux grandes ombres
des illustres Bretons qui ne sont plus. Il emportait avec lui
un ballot d'exemplaires de la vie susdite. Il va sans dire
que Châteaubriand refuse net un exemplaire, que l'auteur,
en personne, voulait déposer gratis sur son tombeau....
« Horreur! » dit l'illustre auteur du *Génie du Christia-
nisme!* Duguay-Trouin traita l'auteur de séminariste, lui qui,
n'avait pas voulu l'être, mais qui ne fut jamais anti-chrétien,
et il lui dit : « Passe ton chemin! »

Les ombres mêmes de Lamennais et de Lamettrie, qui
erraient sur le rivage, le traitèrent de gamin, en lui disant,
qu'en effet, c'était fort ridicule aujourd'hui, en France, de
voir toute espèce d'audacieux se dresser contre des obstacles dignes des plus formidables géants, pour ne pas dire
contre des obstacles invincibles! et ils lui rirent au nez.

Or, Renan fila son nœud, après avoir vu son cher cousin,
mais non point sans avoir opéré la vente de ses exemplaires.... A qui les vendit-il? A des religieuses de Rennes,
qu'il trouva à Saint-Malo, et dont une avait connu particu-
lièrement la bonne Clorinde.... On dit que la bonne religieuse pleura beaucoup en apprenant sa mort, et en lisant
la dédicace de la *Vie de Jésus* : A ma sœur!

Ces religieuses étant rentrées à Rennes peu après leur visite aux Sœurs de Saint-Malo, elles se mirent à lire tout naturellement la *Vie de Jésus*. « Hélas ! quelle contrebande pur sang, et pur poison ! » s'écrièrent-elles ; et les signes de croix et les eaux bénites abondent en même temps.

Ce n'est pas tout : « Venez, venez nos chers enfants, dirent-elles à une centaine de jeunes filles, leurs élèves ! Allez vite chercher des sarments à la grange ; toutes, toutes, allez.... et nous ferons brûler le diable ! Il aurait fallu voir ce remue-ménage des maîtresses et des élèves pour s'en faire une idée. Le bûcher fut bientôt préparé, je vous l'assure, afin de faire griller Satan !

Or, Renan voulut aller à Rennes après Saint-Malo. Et étant là, il désira voir la religieuse qui avait connu sa sœur, tandis que Clorinde habitait chez sa parente autrefois. Il alla donc au couvent, et il fut introduit dans un parloir ayant deux belles ouvertures sur la cour où les choses se passent, ainsi que nous venons de dire....

Avant qu'on songeât à lui, après lui avoir cependant donné l'entrée, Renan put être témoin de la plus belle ronde possible, autour d'un bûcher qui consuma ses exemplaires.... Les journaux ont parlé de ce fait, mais ils n'ont point parlé de la chanson qui se chantait en rond sur l'air de : *Un jour, maître corbeau.* Voici à peu près cette chanson, autant qu'il m'en souvienne :

LES RELIGIEUSES.

Oh ! le charmant bûcher ! qu'il est vif, pétillant !
Au feu, le livre impie..... au feu ! c'est le moment !...
    Mais quand le feu l'inonde,
    Et qu'il est tout fumant ;
    Essayons une ronde,
    En l'honneur du Renan.

LES ÉLÈVES.

Sur l'air du tra, la, la, ra,
Sur l'air du tra, la, la, ra,
Sur l'air du tra, deri, dera,
La, la, ra.

LES RELIGIEUSES.

Quel malheur cependant si nos saintes maisons,
Dans ce nouveau Jésus, apprenaient leurs leçons !
Que deviendrait le monde,
Avec ce faux Jésus?
Mais chantons à la ronde :
Il se brûle... il n'est plus !

LES ÉLÈVES.

Sur l'air, etc.

LES RELIGIEUSES.

Le diable ne rit pas, sans doute, de ceci ;
Mais Renan rirait-il s'il le voyait aussi ?
Ah ! s'il venait attendre
Un petit compliment....
D'un beau cornet de cendre
On lui ferait présent !

LES ÉLÈVES.

Sur l'air, etc.

LES RELIGIEUSES.

Méchant, qui fais mentir la pure vérité !
Méchant, qui fais de l'or avec l'impiété !
Il ferait mieux de mettre
En poudre son Jésus....
Et surtout de remettre
A chacun ses écus.

LES ÉLÈVES.

Sur l'air, etc.

Comme nous l'avons dit, Renan put parfaitement voir et
entendre tout ce qui se passait dans la cour, au sujet de
ses exemplaires. C'est pourquoi, au lieu d'attendre la sœur,
qui allait venir après l'auto-da-fé, il s'esquiva en disant :
« Je laisse les cendres aux bonnes religieuses, et j'emporte
ce que je tiens déjà, c'est-à-dire les espèces. » (On a toujours dit que Renan n'était point bête du tout.) Disons
néanmoins que son livre baisse, parce que tout doit bais-
ser devant Jésus, même les devs et leurs œuvres de ténèbres !

SIXIÈME PARTIE

LA TRAPPE

Ici repose Abdon, qui fut séminariste,
Qui fut devs, et finit par devenir trappiste !

Renan s'est éloigné du couvent de Rennes avec la belle
pensée de ne jamais plus mettre les pieds dans ces sortes
de maisons, où son Jésus était si mal accueilli et où, sans
doute, il ne serait pas mieux accueilli lui-même à la fin.

Et maintenant je n'ai plus entendu parler de ce célèbre
personnage de l'époque, si ce n'est à l'occasion d'un autre
Jésus qui va paraître, dit-on, et qui s'appellera *le Maudit*.
C'est même cette nouvelle-là qui m'a décidé, s'il faut le
dire, à ce petit travail, pensant qu'il était bon, pour ne pas
dire indispensable, de faire connaître monsieur l'auteur des
scandales anti-chrétiens dont nous sommes les témoins
aujourd'hui.

Néanmoins, malgré le silence qui semble s'être fait un
instant autour du *célèbre*, écoutez une voix qui monte de
Byblos et une voix qui s'élève de la France... deux voix qui
nous sont connues, deux voix qui nous parleront de Renan.

C'est l'heure de la nuit, quand les devs de la tour mystérieuse méditent des complots contre les baptisés ; c'est
l'heure des plus épaisses ténèbres, car les complots et les
espérances des devs ne connaissent pas la lumière... mais
c'est aussi le moment solennel où les âmes en peine gé-
missent leur douleur.

« Mère, dit une voix, qu'est devenu celui que nous ai-mions, et que j'ai perdu depuis longtemps de vue, le cher-chant et ne le trouvant pas, comme si Dieu me disait : Tu ne verras plus ton frère !

» Mère ! ajoute la voix qui monte de Byblos, dis-moi s'il est vivant et s'il a trouvé enfin la vérité ; et s'il n'est plus de ce monde ? dis-moi s'il n'a pas maudit Jésus avant de quitter la terre ? Je souffre, à l'occasion de ce frère aimé, ne sachant rien de lui... O mère ! toi qui sais tout (car Dieu ne permet pas que l'ombre maternelle puisse perdre de vue un fils), eh bien ! soulage ma souffrance en me parlant d'Abdon ! »

A cette voix connue, l'ombre maternelle tressaille, mais elle ne répond que par des soupirs et des larmes.

Et la première voix s'élevant encore de la sépulture étrangère vers les lieux où des cyprès funèbres voient des pleurs et entendent de douloureux soupirs : « Parlez, parlez, ô mère ! s'écrie-t-elle, plus puissante que la première fois ! Que je pleure avec vous, si vous pleurez ; que je me ré-jouisse de vos joies si vous êtes heureuse ! »

A ces nouveaux accents, l'ombre gémissante semble vou-loir secouer son deuil et rompre le silence, mais elle ne parvient qu'à prononcer des paroles confuses, et qui s'étei-gnent dans les gémissements.

Mais alors, semblable à une voix qui commande d'en haut : « Au nom de Dieu, mère, s'écrie la voix de Byblos, et au nom de votre fille tant aimée et qui vous adore, par-lez !... et dites-moi, puisque vous le savez, ce qu'est de-venu Abdon ! »

A ce cri de désespoir, ou plutôt à ce cri d'amour, l'om-bre maternelle s'est sentie sept fois tressaillir, et ses tres-saillements l'exaltent tout à coup, malgré elle, à l'horrible puissance de dire son angoisse : « Votre douleur, ô ma fille, lui dit-elle, sera donc grande comme ma douleur, qui ne peut être comparée qu'à l'immensité de l'Océan!

» Abdon! malheureux Abdon! Qui ne sait aujourd'hui, sous le ciel, en tout lieu, qu'il a été débaptisé par l'eau de feu.... qu'il a foulé aux pieds la croix du divin Maître,... qu'il a reçu sur son front le sang diabolique de la bête des abîmes.... qu'il a bu le sang de la haine, et qu'il a lancé des foudres contre le ciel et contre la terre? »

(L'ombre de Byblos poussa un cri d'horreur). L'ombre maternelle poursuit de la sorte : « Et maintenant, ô ma fille! regarde, si tu peux, les sentiers où il court, car il est encore vivant; mais voilà que le sang de la bête dont il s'est enivré pour haïr les chrétiens s'est tourné contre lui.... Regarde quelle haine le poursuit cette fois lui-même.... regarde comme il court, comme il fuit sans repos sous l'empire d'une voix qui lui crie : Maudit!... et sous l'empire d'une force invincible qui l'entraîne à subir les coups de la malédiction!

» Cédant à cette puissance irrésistible, et ne se trouvant jamais assez distant de la voix qui lui jette un cri d'horreur, il traverse les mers profondes; mais un cri domine les abîmes et la grande voix des orages, et ce cri, vous l'entendez, mon fils!... et pâle et tout tremblant, vous n'entendez plus la foudre, vous n'entendez plus rien, que le nom de maudit! Mais il touche au rivage....Regardez, ma fille, regardez, ajoute l'ombre maternelle, comme il fuit déjà bien loin de ce rivage où il touchait à peine! Si du moins le cri qui le poursuit implacable pouvait se perdre, s'égarer dans les forêts éternelles, au sein des solitudes où il fuit maintenant! Vains efforts, car si les solitudes se taisent, c'est pour mieux laisser entendre la voix qui lui crie : Maudit!...

» Et je le vois, fuyant dans les ravins, dans les précipices
des monts, dans tous les lieux d'horreur qui semblent les
mieux faits pour dérober un crime aux yeux des hommes,
mais les mieux faits aussi pour le révéler à la conscience,
sans que le coupable s'en doute, hélas! et il fuit ainsi
d'abîme en abîme, d'horreur en horreur! L'entendez-vous,
disant à tous ceux qu'il rencontre sur ses pas et qui semblent
tentés de fuir à son aspect : « Ne craignez rien, c'est moi
» qui tremble, c'est moi qui ai peur, c'est moi que l'épou-
» vante gagne.... car c'est moi qui suis le maudit.!... »

Ici, l'ombre maternelle se tait et elle semble attentive,
car, tout à coup, dans le lointain, et du sein des montagnes
solitaires, un bruit s'est fait entendre, et elle voit son fils
prêter l'oreille à des accents bénits... c'est le bruit de l'airain sonore qui retentit dans les montagnes où il court.

« O ma fille ! s'écrie alors l'ombre maternelle, regarde bien
comme moi, et sois attentive... Abdon a regardé le ciel,
pour la première fois depuis longtemps... Si le ciel, du
moins, ne lui jetait pas le cri que les solitudes lui jettent,
que les montagnes lui jettent, que tous les abîmes lui
jettent, et que sa conscience lui jette par-dessus tout !

» Regarde, enfant, regarde.... maintenant qu'il dirige ses
pas au bruit de la cloche sonore. Il y a longtemps déjà qu'il
s'achemine vers le but, mais enfin, n'en pouvant plus de
lassitude, et plutôt mort qu'en vie, c'est lui qui frappe à la
porte du monastère, au fond d'une vallée, entre deux montagnes couvertes d'arbres séculaires.

» La porte du monastère s'ouvre.... il pénètre dans l'enceinte... Un homme, revêtu d'une robe de laine blanche,
et la tête recouverte d'un capuchon blanc, l'accueille avec
bonté, en lui disant : « Mon frère, la paix soit avec vous, »
et il lève la main pour le bénir....

» Mais Abdon : « Ne me bénissez pas, s'écrie-t-il sou-
» dain, ne bénissez pas le maudit !... écoutez-le, et vous
» jugerez, à son crime, s'il est possible qu'il espère encore
» une bénédiction ! »

» Et maintenant, poursuit l'ombre maternelle, vois-tu,
ma fille, ce qui se passe à cette heure dans le monastère ?
Abdon est aux pieds d'un saint religieux... hélas ! d'un de
ses anciens condisciples ! Quelles destinées différentes !

» Mais que vois-je ? Abdon haletant, éperdu... Abdon qui
se roule dans la poussière aux pieds du religieux trappiste...
Abdon qui est là, étendu, livide, et murmurant des souvenirs funestes.... et puis le religieux qui s'échappe en s'é-
criant : « Maudit !... »

A ce dernier mot, l'ombre maternelle fait silence, et les
plus impérieuses sollicitations de la voix de Byblos ne
peuvent obtenir un seul mot de plus. Peut-être l'ombre
maternelle aurait-elle pu ajouter : « Il a offert le prix de
ses blasphèmes contre Jésus, au prix de son pardon ; et son
argent et son or ayant été refusés, il a jeté sa bourse dans
le temple.... »

Peut-être aussi aurait-elle pu dire qu'à force de repen-
tir et de larmes il avait mérité son pardon, et qu'un jour
on voit une tombe du monastère portant cette inscription
tracée sur une croix de bois :

ICI REPOSE ABDON, QUI FUT SÉMINARISTE,
QUI FUT DEVS, ET FINIT PAR DEVENIR TRAPPISTE !

Sans doute le passant ne lirait pas sans une profonde
surprise une telle épitaphe ; mais serait-elle plus étonnante
que les miracles dont les devs de Byblos ont offert le
spectacle à Renan ?

Quoi qu'il en soit, et parce qu'il n'y a rien d'impossible, après ce que nous avons déjà vu, je désire que la fin couronne l'œuvre ; et qu'un jour les pieux pèlerins qui visiteront la Trappe de.... *versent des larmes avec des prières* sur le tombeau d'un séminariste devenu devs, et d'un devs devenu trappiste.... Ainsi soit-il.

FIN.

Bordeaux, imp. de J. DELMAS, rue Ste-Catherine, 139.